字里时光·行间生辉

|精选本|

林家铺子

茅盾 著

民主与建设出版社

图书在版编目（CIP）数据

林家铺子 / 茅盾著. —北京：民主与建设出版社，2017.2

ISBN 978-7-5139-1396-6

Ⅰ.①林… Ⅱ.①茅… Ⅲ.①短篇小说—小说集—中国—现代 Ⅳ.①I246.7

中国版本图书馆 CIP 数据核字（2017）第 029178 号

© 民主与建设出版社，2017

林家铺子
LINJIA PUZI

出 版 人	许久文
总 策 划	李继勇
责任编辑	刘树民
封面设计	宋双成
出版发行	民主与建设出版社有限责任公司
电　　话	（010）59417747　59419778
社　　址	北京市海淀区西三环中路 10 号望海楼 E 座 7 层
邮　　编	100142
印　　刷	三河市冠宏印刷装订有限公司
版　　次	2017 年 10 月第 1 版　2023 年 6 月第 2 次印刷
开　　本	950mm×1300mm　1/16
印　　张	18 印张
字　　数	170 千字
书　　号	ISBN 978-7-5139-1396-6
定　　价	29.80 元

注：如有印、装质量问题，请与出版社联系。

目 录

创　造 / 1

一个女性 / 36

诗与散文 / 73

色　盲 / 90

昙 / 141

大泽乡 / 164

喜　剧 / 174

小　巫 / 187

林家铺子 / 205

右第二章 / 256

目次

创 造

一

　　靠着南窗的小书桌，铺了墨绿色的桌布，两朵半开的红玫瑰从书桌右角的淡青色小瓷瓶口边探出来，宛然是淘气的女郎的笑脸，带了几分"你奈我何"的神气，冷笑着对角的一叠正襟危坐的洋装书，它们那种道学先生的态度，简直使你以为一定不是脱不掉男女关系的小说。赛银墨水盒横躺在桌子的中上部，和整洁的吸墨纸版倒成了很合式的一对。纸版的一只皮套角里含着一封旧信。那边西窗下也有个小书桌。几本卷皱了封面的什么杂志，乱丢在桌面，把一座茶绿色玻璃三棱形的小寒暑表也推倒了；金杆自来水笔的笔尖吻在一张美术明信片的女子的雪颊上。其处凝结了一大点墨水，像是它的黑泪，在悲伤它的笔帽的不知去向；一只刻镂得很精致的象牙的兔子，斜起了红眼睛，怨艾地瞅着旁边的展开一半的小纸扇，自然为的是纸扇太无礼，把它挤倒了，——现在它撒娇似的横躺着，露出白肚皮上的一行细绿字：

"娴娴三八初度纪念。她的亲爱的丈夫君实赠。"然而"丈夫"二字像是用刀刮过的。

织金绸面的沙发榻蹲在东壁正中的一对窗下，左右各有同式的沙发椅做它的侍卫。更左，直挺挺贴着墙壁的，是一口两层的木橱，上半层较狭，有一对玻璃门，但仍旧在玻璃片后衬了紫色绸。和这木橱对立的，在右首的沙发椅之右，是一个衣架，擎着雨衣斗篷帽子之类。再过去，便是东壁的右窗；当窗的小方桌摆着茶壶茶杯香烟盒等什物。更过去，到了壁角，便是照例的梳妆台了。这里有一扇小门，似乎是通到浴室的。椭圆大镜门的衣橱，背倚北壁，映出西壁正中一对窗前的大柚木床，和那珠络纱帐子，和睡在床上的两个人。和衣橱成西斜角的，是房门，现在严密的关着。

沙发榻上乱堆着一些女衣。天蓝色沙丁绸的旗袍，玄色绸的旗马甲，白棉线织的胸褡，还有绯色的裤管口和裤腰都用宽紧带的短裤：都卷作一团，极像是洗衣作内正待落漂白缸，想见主人脱下时的如何匆忙了。榻下露出镂花灰色细羊女皮鞋的发光的尖头；可是它的同伴却远远地躲在梳妆台的矮脚边，须得主人耐烦的去找。床右，近门处，是一个停火几，琥珀色绸罩的台灯庄严地坐着，旁边有的是：角上绣花的小手帕，香水纸，粉纸，小镜子，用过的电车票，小银元，百货公司的发票，寸半大的皮面金头怀中记事册，宝石别针，小名片，——凡是少妇手袋里找得出来的小物件，都在这里了。一本展开的杂志，靠了台灯的支撑，又牺牲了灯罩的正确的姿势，异样地直立着。台灯的古铜座上，有一对小小的展翅作势的鸽子，侧着头，似乎在猜详杂志封面的一行题字：《妇女与政治》。

太阳光透过了东窗上的薄纱，洒射到桌上椅上床上。这些木器，本来是漆的奶油色，现在都镀上了太阳的斑剥的黄金了。突然一辆急驰的汽车的啵啵的声音——响得作怪，似乎就在楼下，——惊醒了床上人中间的一个。他睁开倦眼，身体微微一动。浓郁的发香，冲入他的鼻孔；他本能的转过头去，看见夫人还没醒，两颊绯红，像要喷出血来。身上的夹被，早已撩在一边，这位少妇现在是侧着身子；只穿了一件羊毛织的长及膝弯的贴身背心（vest），所以臂和腿都裸浴在晨气中了，珠络纱筛碎了的太阳光落在她的白腿上就像是些跳动的水珠。

——太阳光已经到了床里，大概是不早了呵。

君实想，又打了个呵欠。昨晚他睡得很早。夫人回来，他竟完全不知道；然而此时他还觉得很倦，无非因为今晨三点钟醒过来后，忽然不能再睡，直到看见窗上泛出鱼肚白色，才又朦朦的像是睡着了。而且就在这半睡状态中，他做了许多短短的不连续的梦；其中有一个，此时还记得个大概，似乎不是好兆。他重复闭了眼，回想那些梦，同时轻轻地握住了夫人的一只手。

梦，有人说是日间的焦虑的再现，又有人说是下意识的活动；但君实以为都不是。他自说，十五岁以后没有梦；他的夫人就不很相信这句话：

"梦是不会没有的，大概是醒后再睡时遗失了。"她常常这样说。

"你是多梦的；不但睡时有梦，开了眼你还会做梦呵！"君实也常常这么反驳她。

现在君实居然有了梦，他自觉是意外；并且又证明了往常确是无梦，不是遗忘。所以他努力要回忆起那些梦来，以便对夫人讲。即使是这样的小事情，他也不肯轻轻放过；他不肯让夫人在心底里疑惑他的话是撒谎；他是要人时时刻刻信仰他看着他听着他，摊出全灵魂来受他的拥抱。

他轻快地吐了口气，再睁开眼来，凝视窗纱上跳舞的太阳光；然后，沙发榻上的那团衣服吸引了他的视线，然后，迅速的在满房间掠视一周，终于落在夫人的脸上。不知道为什么，这位熟睡的少妇，现在眉尖半蹙，小嘴唇也闭合得紧紧的，正是昨天和君实呕气时的那副面目了。近来他们俩常有意见上的不合；娴娴对于丈夫的议论常常提出反驳，而君实也更多的批评夫人的行动,有许多批评,在娴娴看来,简直是故意立异。娴娴的女友李小姐,以为这是娴娴近来思想进步,而君实反倒退步之故。这个论断,娴娴颇以为然;君实却绝对不承认,他心里暗恨李小姐,以为自己的一个好好的夫人完全被她教唆坏了,昨天便借端发泄,很犀利的把李小姐批评了一番,最使娴娴不快的,是这几句:

"……李小姐的行为,实在太像滑头的女政客了。她天天忙着所谓政治活动,究竟她明白什么是政治?娴娴,我并不反对女子留心政治,从前我是很热心劝诱你留心政治的,你现在总算是知道几分什么是政治了。但要做实际活动——吓!主观上能力不够,客观上条件未备。况且李小姐还不是把政治活动当作电影跳舞一样,只是新式少奶奶的时髦玩意罢了。又说女子要独立,要社会地位,咳,少说些门面话罢!李小姐独立在什么地方?有什么社会地位?我知道她有的地位是在卡尔登,在月宫跳舞场!现在又说不满于现状,要革命;咳,革命,这一向看厌了革命,却不道还有翻新花样的在影戏院跳舞场里叫革命!……"

君实说话时的那种神气——看定了别人是永远没出息的神气,比他的保守思想和指桑骂槐,更使娴娴难受;她那时的确动了真气。虽然君实随后又温语抚慰,可是娴娴整整有半天纳闷。

现在君实看见夫人睡中犹作此态,昨日的事便兜上心头;

他觉得夫人是精神上一天一天的离开他，觉得自己再不能独占了夫人的全灵魂。这位长久拥抱在他思想内精神内的少妇，现在已经跳了出去，有自己的思想，自己的见解了。这在自负很深的君实，是难受的。他爱他的夫人，现在也还是爱；然而他最爱的是以他的思想为思想以他的行动为行动的夫人。不幸这样的黄金时代已成过去，娴娴非复两年前的娴娴了。

想到这里，君实忍不住微微喟了口气。他又闭了眼，冥想夫人思想变迁的经过。他记得前年夏天在莫干山避暑的时候，娴娴曾就女子在社会中应尽的职务一点发表了独立的意见；难道这就是今日趋向各异的起点么？似乎不是的，那时娴娴还没认识李小姐；似乎又像是的，此后娴娴确是一天一天的不对了。最近的半年来，她不但思想变化，甚至举动也失去了优美细腻的常态，衣服什物都到处乱丢，居然是"成大事者不修边幅"的气派了。君实本能的开眼向房中一瞥，看见他自己的世界缩小到仅存南窗下的书桌；除了这一片"干净土"，全房到处是杂乱的痕迹，是娴娴的世界了。

在沉郁的心绪中，君实又回忆起娴娴和他的一切琐屑的龃龉来。莫干山避暑是两心最融洽的时代，是幸福的顶点，但命运的黑丝，似乎也便在那时走进了他们的生活；似乎娴娴的变态，最初是在趣味方面发动的，她渐渐的厌倦了静的优雅的，要求强烈的刺激，因此在起居服用上常常和君实意见相反了。买一件衣料，看一次影戏，上一回菜馆，都成为他们俩争执的题材；常常君实喜欢甲，娴娴偏喜欢乙，而又不肯各行其是，各人要求自己的主张完全胜利。结果总是牺牲了一方面。因为他们都觉得"各行其是"的办法徒然使两人都感不快，倒不如轮替着都有失败都有胜利，那时，胜利者固然很满意，失败者亦未始没有相当的报偿，事过后的求谅解的甜蜜的一吻便是失败者的愉快。这样的争执，当第一二次发生时，两人的确都曾认真的烦恼过，但后来发现了和解时的彻骨的美趣，他们又默认这也是爱的生活中不可少的波澜。所以在习惯了以后，君实常常对娴娴说：

"这回又是你得了胜利了。但是，漂亮的少奶奶，娇养的小姐，你不要以为你的胜利是合理的，是久长的。"

于是在软颤的笑声中，娴娴偎在君实的怀中，给他一个长时间的吻。这是她的胜利的代价，也是她对于丈夫为爱而让步的热忱的感谢。

但是不久这种爱的戏谑的神秘性也就磨钝了。当给与者方面成为机械的照例的动作时，受者方面便觉得嘴唇是冷的，笑是假的，而主张失败的隐痛却在心里跳动了，况且娴娴对于自己的主张渐渐更坚持，差不多每次非她胜利不可，于是本不愿意的"各行其是"也只好实行了。这便是现在君实在卧室中的势力范围只剩了一个书桌的原因之一。

思想上的不同,也慢慢的来了。这是个无声的痛苦的斗争。君实曾经用尽能力,企图恢复他在夫人心窝里的独占的优势,然而徒然。娴娴的心里已经有一道坚固的壁垒,顽抗他的攻击;并且娴娴心里的新势力又是一天一天扩张,驱逼旧有者出来。在最近一月中,君实几次感到了自己的失败。他承认自己在娴娴心中的统治快要推翻,可是他始终不很明白,为什么两年前他那样容易的取得了夫人的心,占有了她的全灵魂,而现在却失之于不知不觉,并且恢复又像是无望的。两年前夫人的心,好比是一块海绵,他的每一滴思想,碰上就被吸收了去,现在这同一的心,却不知怎的已经变成一块铁,虽然他用了热情的火来锻炼,也软化不了它。"神秘的女子的心呵!"君实纳闷时常常这样想。他现在唯一的办法是讽刺;希望讽刺的酸味或者可以溶解了娴娴心里的铁。于是李小姐成了讽刺的目标。君实认定夫人的心质的变化,完全是李小姐从中作怪。有时他也觉得讽刺不是正办,许会使娴娴更离他远些。但是,除了这条路更没有别的方法了。"呵,神秘的女子的心!"他只能叹着气这么想。

君实陡然烦躁起来了。他抖开了身上的羊毛毯,向床沿翻过身去；他竟忘记了自己的左手还握住了夫人的一只手。娴娴也惊醒了。她定了下神，把身子挪近丈夫身边，又轻轻的翘起头来，从丈夫的肩头瞧他的脸。

君实闭了眼不动。他觉得有一只柔软的臂膊放到胸口来了。他又觉得耳根边被毛茸茸的细发拂着作痒了。他还是闭着眼不动，却聚集了全身的注意力，在暗中伺察。俄而，竟有暖烘烘的一个身体压上来，另一个心的跳声也清晰地听得；君实再忍不住了，睁开眼来，看见娴娴用两臂支起了上半身，面对面的瞧着他的脸，像一匹猫侦伺一只诈死的老鼠。君实不禁笑了出来。

"我知道你是假睡咧。"

娴娴微笑地说，同时两臂一松，全身落在君实的怀中了。女性的肉的活力，从长背心后透出来，沦浃了君实的肌骨；他委实有些摇摇不能自持了。但随即一个作痛的思想抓住了他的心：这温软的胸脯，这可爱的面庞，这善蹙的长眉，这媚眼，这诱人的熟透樱桃似的嘴唇——一切，这迷人的一切，都是属于他的，确确实实属于他的，然而在这一切以内，隐藏得很深的，有一颗心，现在还感得它的跳动的心，却不能算是属于他的了！他能够接触这名为娴娴的美丽的形骸，但在这有形的娴娴之外，还有一个无形的娴娴——她的灵魂，已经不是他现在所能接触了！这便是所谓恋爱的悲剧么？在恋爱生活中，这也算是失恋么？

他无法排遣似的忍痛地想着,不理会娴娴的疑问的注视。突然一只手掩在他的眼上;细而长的手指映着阳光,仿佛是几枝通明的珊瑚梗。而在那柔腴的手腕上,细珍珠穿成的手串很熨贴的围绕着,凡三匝。这是他们在莫干山消夏的纪念品,前几天断了线,新近才换好的。君实轻轻的拉下了娴娴的手。细珍珠给他的手指一种冷而滑的感觉。他的心灵突然一震。呵,可纪念的珠串!可纪念的已失的莫干山的快乐!祝福这再不能回来的快乐!

君实的眼光惘惘然在这些细珠上徘徊了半晌,然后,像感触了什么似的,倏地移到娴娴的脸上。这位少妇的微带惺忪的眼睛却也正在有所思的对他看。

"我们过去的生活,哪些日子你觉得顶快活?"

君实慢慢的说,像是每个字都经过深长的咀嚼的。

"我觉得现在顶快活。"

娴娴笑着回答,把她的身体更贴紧些。

"你不要随口乱说哟。娴娴,想一想罢——仔细的想一想。"

"那么,我们结婚的第一年——半年,正确的说,是第一个月,最快活。"

"为什么?"

娴娴又笑了。她觉得这样的考试太古怪。

"为什么？不为什么。只因为那时候我的经验全是新的。我以前的生活，好像是一页空白，到那时方才填上了色彩。以前的生活，现在回想起来，并不感到特别兴味，而且也很模糊了。只有结婚后的生活——唔，应该说是结婚后第一个月，即使是顶琐细的一衣一饭，我似乎都记得明明白白。"

君实微笑着点头，过去的事也再现在他眼前了。然而接踵来了感伤。难道过去的欢乐就这么永远过去，永远唤不回来么？

"那么，你呢？你觉得——哪些日子顶快活？"

娴娴反问了。她把左手抚摩君实前额的头发，让珍珠手串的短尾巴在君实眉间晃荡。

"我不反对你的话，但是也不能赞成。在我，新结婚的第一年——或照你说，第一月，只是快乐的起点，不是顶点。我想把你造成为一个理想的女子，那时正是我实现我的理想的开端，有很大的希望鼓舞着，但并未达到真正的快乐。"

"我听你说过这些话好几次了。"

娴娴淡淡的插进来说。虽然从前听得了这些话，也是"有很大的希望鼓舞着"，但现在却不乐意听说自己被按照了理想而创造。

"可是你从来没问过我的理想究竟是成功呢抑是失败。娴娴，我的理想是成功的，但是也失败了。莫干山避暑的时候，你的创造刚好成功。娴娴,你记得我们在银铃山瀑布旁边大光石头上的事么?你本来是颇有些拘束的,但那时,我们坐在瀑布旁边,你只穿了件vest,正和你现在一样。自然这是一件小事,但很可以证明你的创造是完成了,我的理想是实现了。"

君实突然停止,握住了娴娴的臂膊,定着眼睛对她瞧。这位少妇现在脸上热烘烘了;她想起了当时的情形,她转又自怪为什么那时对于此等新奇的刺激并不感得十分的需要。如果在现今呀……

但是君实早又继续说下去了:

"我的理想是实现了,但又立即破碎了!我已经引满了幸福之杯。以前,我们的生活路上,是一片光明,以后是光明和黑暗交织着了。莫干山成了我们生活上的分水岭。从山里回来,你就渐渐改变了。娴娴,你是从那时起,一点一点的改变了。你变成了你自己,不是我所按照理想创造成的你了。我引导你所读的书,在你心里形成了和我各别的见解;我真不知道是怎么一回事,我不相信书里的真理会有两个。娴娴,你是在书本子以外——在我所引导的思想以外,又受了别的影响,可是你破坏了你自己!也把我的理想破坏了!"

君实的脸色变了,又闭了眼;理想的破灭使他十分痛苦,如梦的往事又加重了他的悒闷。

二

君实在二十岁时，满脑子装着未来生活的憧憬。他常常自说，二十岁是他的大纪念日；父亲死在这一年，遗给他一份不算小的财产，和全部的生活的自由。虽然只有二十岁，却没有半点浪漫的气味；父亲在日的谆谆不倦的"庭训"，早把他的青春情绪剥完，成为有计划的实事求是的人。在父亲的灵床边，他就计划如何安排未来的生活；他含了哭父的眼泪，凝视未来的梦。像旅行者计划明日的行程似的，他详详细细的算定了如何实现未来的梦；他要研究各种学问，他要找一个理想的女子做生活中的伴侣，他要游历国内外考察风土人情，他要锻炼遗大投艰的气魄，他要动心忍性，他要在三十五六年富力强意志坚定的时候生一子一女，然后，过了四十岁为祖国为社会为人类服务。

这些理想，虽说是君实自己的，但也不能不感谢他父亲的启示。自从戊戌政变那年落职后，老人家就无意仕进，做了"海上寓公"，专心整理产业，管教儿子。他把满肚子救国强种的经纶都传授了儿子，也把这大担子付托了儿子。他老了，少壮时奔走衣食，不曾定下安身立命的大方针，想起来是很后悔的，所以时常教儿子先须"立身"。他也计划好了儿子将来的路，他也要照自己的理想来创造他的儿子。他只创造了一半，就放手去了。

君实之禀有父亲的创造欲的遗传，也是显然的。当他选择终身的伴侣时，很费了些时间和精神；他本有个"理想的夫人"的图案，他将这图案去校对所有碰在他生活路上的具有候补夫人资格的女子，不知怎的，他总觉得不对——社会还没替他准备好了"理想的夫人"。蹉跎了五六年工夫，亲戚们为他焦虑，朋友们为他搜寻，但是他总不肯决定。后来他的"苛择"成了朋友间的谭助，他们见了君实时，总问他有没有选定，但答案总是摇头。一天，他的一个旧同学又和他谈起了这件事：

"君实，你选择夫人，总也有这么六七年了罢；单就我介绍给你的女子，少说也有两打以上了，难道竟没有一个中意么？"

"中意的是尽有，但合于理想的却没有一个。"

"中意不就是合于理想么？有分别么？倒要听听你的界说了。"

"自然有分别的。"君实微微笑的回答，"中意，不过是也还过得去而已，和理想的，差得很远哪！如果我仅求中意，何至七年而不成。"

"那么，你所谓理想的——不妨说出来给我听听罢？"

旧同学很有兴味的问；他燃着了一枝烟卷，架起了腿，等待着君实的高论。

"我所谓理想的，是指她的性情见解在各方面都和我一样。"

君实还是微微笑的说。

"没有别的条件——咳,别的说明了么?"

"没有。就是这简单的一句话。"

旧同学很失望似的看着君实,想不到君实所谓"理想的",竟是如此简单而且很像不通的。但他转了话头又问:

"性情见解相同的,似乎也不至于竟没有罢;我看来,张女士就和你很配,王女士也不至于和你说不来。为什么你都拒绝了呢?"

"在学问方面讲,张女士很不错;在性情方面讲,王女士是好的。但即使她们俩合而为一,也还不是我的理想。她们都有若干成见——是的,成见,在学问上在事物上都有的。"

旧同学不得要领似的睁大了惊异的眼。

"我所谓成见,是指她们的偏激的头脑。是的,新女子大都有这毛病。譬如说,行动解放些也是必要的,但她们就流于轻浮放浪了;心胸原要阔大些,但她们又成为专门骛外,不屑注意家庭中为妻为母的责任;旧传统思想自然要不得的,不幸她们大都又新到不知所云。"

"哦——这就难了;但是,也不至于竟没有罢?"

旧同学沉吟地说;他心里却想道:原来理想的,只是这么一个半新不旧的女子!

"可是你不要误会我是宁愿半新不旧的女子。"君实再加以说明,似乎他看见了旧同学的思想。"不是的。我是要全新的,但是不偏不激,不带危险性。"

"那就难了。混乱矛盾的社会,决产生不出这样的女子。"

君实同意地点着头。

"你不如娶一个外国女子罢。"旧同学像发见了新理论似的高声说,"英国女子,大都是合于你的想象的。得了,君实,你可以留意英国女子。你不是想游历欧洲么,就先到伦敦去找去。"

"这原是一条路,然而也不行。没有中国民族性做背景,没有中国五千年文化做遗传的外国女子,也不是我的理想的夫人。"

"呵!君实!你大概只好终身不娶了!或者是等到十年二十年后,那时中国社会或者会清明些,能够产生你的理想的夫人。"

旧同学慨叹似的作结论,竟要收束了本问题的讨论;但君实却还收不住,他竖起大拇指霍地在空中画了个半圆形,郑重的说:

"也不然。我现在有了新计划了。我打算找一块璞玉——是的，一块璞玉，由我亲手雕琢而成器。是的，社会既然不替我准备好了理想的夫人，我就来创造一个！"

君实眼中闪着踌躇满志的光，但旧同学却微笑了：创造一个夫人？未免近于笑话罢？然而君实确是这么下了决心了。他早已盘算过：只要一个混沌未凿的女子，只要是生长在不新不旧的家庭中，即使不曾读过书，但得天资聪明，总该可以造就的，即使有些传统的性习，也该容易转化的罢。

又过了一年多，君实居然找得了想象中的璞玉了，就是娴娴，原是他的姨表妹；他的理想的第一步果然实现了。

娴娴是聪明而豪爽，像她的父亲；温和而精细，像她的母亲。她从父亲学通了中文，从母亲学会了管理家务。她有很大的学习能力；无论什么事，一上了手，立刻就学会了。她很能感受环境的影响。她实在是君实所见的一块上好的"璞玉"。在短短的两年内，她就读完了君实所指定的书，对于自然科学，历史，文学，哲学，现代思潮，都有了常识以上的了解。当她和君实游莫干山的时候，在那些避暑的"高等华人"的太太小姐队中，她是个出色的人儿：她的优雅的举止，有教育的谈吐，广阔的知识，清晰的头脑，活泼的性情，都证明她是君实的卓绝的创造品。

虽则如此,在创造的过程中,君实也煞费了苦心。

娴娴最初不喜欢政治,连报纸也不愿意看;自然因为她父亲是风流名士,以政治为浊物,所以娴娴是没有政治头脑的遗传的。君实却素来留心政治,相信人是政治的动物,以为不懂政治的女子便不是理想的完全无缺的女子。他自己读过各家的政治理论,从柏拉图以至浩布士,罗素,甚至于克鲁泡特金,马克思,列宁;然而他的政治观念是中正健全的,合法的。他要在娴娴的头脑里也创造出这么一个政治观念。他对于女子的政治运动的见解,是美国总统罗斯福的:"如果大多数女子自己来要求参政权,我就给她们。"英国的已颇激烈的"蓝袜子"的参政权运动,在君实看来是不足取的。

他抱了严父望子成名那样的热心,诱导娴娴读各家的政治理论;他要娴娴留心国际大势,用苦心去记人名地名年月日;他要娴娴每天批评国内的时事,而他加以纠正。经过了三个月的奋斗,他果然把娴娴引上了政治的路。

第二件事使君实极感困难的,是娴娴的乐天达观的性格;不用说,这是名士的父亲的遗传了。并且也是君实所不及料的。娴娴这种性格,直到结婚半年后一个明媚的四月的下午,第一次被君实发见。那一天,他们夫妇俩游龙华,坐在泥路旁的一簇桃树下歇息。娴娴仰起了面孔,接受那些悠悠然飘下来的桃花瓣。那浅红的小圆片落在她的眉间，她的嘴唇旁，她的颈际，——又从衣领的微开处直滑下去，粘在她的乳峰的上端。娴娴觉得这些花瓣的每一个轻妙的接触都像初夜时君实的抚摸，使她心灵震撼，感着甜美的奇趣，似乎大自然的春气已经电化了她身上的每一个细胞，每一条神经纤维，每一枝极细极细的血管，以至于她能够感到最轻的拂触，最弱的声浪，使她记忆起尘封在脑角的每一件最琐屑的事。同时一种神秘的活力在她脑海里翻腾了；有无数的感想滔滔滚滚的涌上来，有一种似甜又似酸的味儿灌满了她的心；她觉得有无数的话要说，但一个字也没有。她只抓住了君实的手，紧紧地握着，似乎这便是她的无声的话语。

从路那边，来了个衣衫褴褛的醉汉，映着酡红的酒脸，耳槽里横捎着一小枝桃花，他踉跄地高歌而来，他楞起了血红的眼睛，对娴娴他们瞥了一眼，然后更提高了嗓子唱着，转向路的西头去了。

"哈，哈，哈哈！"

醉汉狂笑着睨视路角的木偶似的挺立着的哨兵。似乎他说了几句什么话。然后，他的簸荡的身形没入桃林里不见了。

"哈哈，哈，哈，哈……"

远远的还传来了渐曳渐细的笑声，像扯细了的糖丝，袅袅地在空中回旋。娴娴松了口气，把遥瞩的目光从泥路的转角收回来，注在君实的脸上。她的嘴角上浮出一个神秘的忘我的笑形。

"醉汉！神游乎六合之外的醉汉！"娴娴赞颂似的说，"这就是庄子所说的刖足的王骀，没有脚指头的叔山无趾，生大瘤的瓮㼜大瘿，那一类的人罢！……君实，你看见他的眼光么？他的只对于一切都感得满足的眼光呀！在他眼前，一切我们所崇拜的，富贵，名誉，威权，美丽，都失了光彩呢。因为他是藐视这一切的，因为他是把贫富，贵贱，智愚，贤不肖，是非，大小，都一律等量齐观的，所以他对于一切都感得那样的满足罢！爸爸常说：醉中始有'全人'，始有'真人'，今天我才深切的体认出来了。我们，自以为聪明美丽，真是井蛙之见，我们的精神真是可笑的贫乏而且破碎呵！"

君实惊讶地看着他的夫人，没有回答。

"记得十八岁的时候，爸爸给我讲《庄子》，我听到'藐姑射仙子'那一段，我神往了；我想起人家称赞我的美丽聪明那些话，我惭愧得什么似的；我是个不堪的浊物罢哩。后来爸爸说，藐姑射仙子不过是庄生的比喻，大概是指'超乎物外'的元神；可是我仍旧觉得我自己是不堪的浊物。我常常设想，我们对于一切事物的看法，应该像是站在云端里俯瞩下面的景物，一切都是平的，分不出高下来。我曾经试着要持续这个心情，有时竟觉得我确已超出了人间世，夷然忘了我的存在，也忘了人的存在。"

娴娴凝眸望着天空，似乎她看见那象征的藐姑射仙子泠泠然御风而行就在天的那一头。

君实此时正也忙乱地思索着，他此时方才知道娴娴的思想里竟隐伏着乐天达观出世主义的毒。他回想不久以前，娴娴看了西洋哲学上的一元二元的辩论，曾在书眉上写了这么几句："自其异者视之，肝胆楚越也。自其同者视之，万物皆一也。万物毕同毕异。"这不是庄子的话么？他又记得娴娴看了各派政论家对于"国家机能"的驳难时，曾经笑着对他说："此一是非，彼亦一是非；都是的，也都不是的。"当时以为她是说笑，现在看来，她是有庄子思想作了底子的；她是以站在云端看"蛮、触之争"的心情来看世界的哲学问题政治争论的。君实认定非先扫除娴娴的达观思想不可了。

从那一天起，君实就苦心的诱导娴娴看进化论，看尼采，看唯物派各大家的理论。他鉴于从前把两方面的学说给她看所得的不好的结果，所以只把一方面给她了。虽然唯物主义应用在社会学上是君实自己所反对的，可是为的要医治娴娴的唯心的虚无主义的病，他竟不顾一切的投了唯物论的猛剂了。

这一度改造，君实终于又奏了凯旋。

然而还有一点小节须得君实去完工。不知道为什么，娴娴虽则落落有名士气,然而羞于流露热情。当他们第一次在街上走,娴娴总是离开君实的身体有半尺光景。当在许多人前她的手被君实握着,她总是一阵面红,于是在几分钟之后便借故洒脱了君实的手。她这种旧式女子的娇羞的态度,常常为君实所笑。经过了多方的陶冶,后来娴娴胆大些了,然而君实总还嫌她的举动不甚活泼。并且在闺房之内,她常常是被动的,也使君实感到平淡无味。他是信仰遗传学的,他深恐娴娴的腼腆的性格将来会在子女身上种下了怯弱的根性,所以也用了十二分的热心在娴娴身上做工夫。自然也是有志者事竟成呵,当他们游莫干山时,娴娴已经出落得又活泼又大方,知道了如何在人前对丈夫表示细腻的昵爱了。

现在娴娴是"青出于蓝"。有时反使君实不好意思,以为未免太肉感些,以为她太需要强烈的刺激了。

三

这么着在刹那间追溯了两年来的往事,君实懒懒地倚在床栏上,闷闷的赶不去那两句可悲的话:"你破坏了你自己,也把我的理想破坏了!"二十岁时的美妙的憧憬,现在是隔了浓雾似的愈看愈模糊了。娴娴却先已起身,像小雀儿似的在满房间跳来跳去,嘴里哼着一些什么歌曲。

太阳光已经退到沙发榻的靠背上。和风送来了远远的市嚣声，说明此时至少有九点钟了。两杯牛奶静静的候在方桌上，幽幽然喷出微笑似的热气。衣橱门的大镜子，精神饱满地照出女主人的活泼的倩影。梳妆台的三连镜却似乎有妒意，它以为照映女主人的雪肤应该是属于它的职权范围的。

房内的一切什物，浸浴在五月的晨气中，都是活力弥满的一排一排的肃静地站着，等候主人的命令。它们似乎也暗暗纳罕着今天男主人的例外的晏起。

床发出低低的叹声，抱怨它的服务时间已经太长久。

然而坠入了幻灭的君实却依旧惘惘然望着帐顶，毫无起身的表示。

"君实，你很倦罢？你想什么？"

娴娴很温柔的问；此时她已经坐在靠左的一只沙发椅里拉一只长统丝袜到她腿上；羊毛的贴身长背心的下端微微张开，荡漾出肉的热香。

君实苦笑着摇头，没有回答。

"你还在咀嚼我刚才说的话么？是不是我的一句'是你自己的手破坏了你的理想'使你不高兴么？是不是我的一句'你召来了魔鬼，但是不能降服他'，使你伤心么？我只随便说了这两句话，想不到更使你烦闷了。喂，傻孩子，不用胡思乱想了！你原来是成功的。我并没走到你的反对方向。我现在走的方向,不就是你所引导的么?也许我确是比你走先了一步了,但我们还是同一方向。"

没有回答。

"我是驯顺的依着你的指示做的。我的思想行动,全受了你的影响。然而你说我又受了别的影响。我自然知道你是指着李小姐。但是,君实,你何必把一切成绩都推在别人身上;你应该骄傲你自己的引导是不错的呀!你剥落了我的乐天达观思想,你引起了我的政治热,我成了现在的我了,但是你倒自己又看出不对来了。哈,君实,傻孩子,你真真的玩了黄道士召鬼的把戏了。黄道士烧符念咒的时候,惟恐鬼不来,等到鬼当真来了,他又怕得什么似的,心里抱怨那鬼太狞恶,不是他的理想的鬼了。"

娴娴噗嗤地笑了;虽然看见君实皱起了眉头,已经像是很生气,但她只顾格格地笑着。她把第二只丝袜的长统也拉上了大腿,随即走到床前,捧住了君实的面孔,很妩媚的说:

"那些话都不用再提了。谁知道明天又会变出什么来呀!君实,明天——不,我应该说下一点钟,下一分钟,下一刹那,也许你变了思想,也许我变了思想,也许你和我都变了,也许我们更离远些,但也许我们倒又接近了。谁知道呢!昨天是那么一回事,今天是另一回事,明天又是一回事,后天怎样?自己还不曾梦到；这就是现在光荣的流行病了。只有，君实，你，还抱住了二十岁时的理想，以为推之四海而皆准，俟之百世而不惑；君实，你简直的有些傻气了。好了，再不要呆头呆脑的痴想罢。过去的，让它过去，永远不要回顾；未来的，等来了时再说，不要空想；我们只抓住了现在，用我们现在的理解，做我们所应该做。君实，好孩子，娴娴和你亲热，和你玩玩罢！"

用了紧急处置的手腕，娴娴又压在君实的身上了。她的绵软而健壮的肉体在他身上揉孖，笑声从她的喉间汩汩地泛出来，散在满房，似乎南窗前书桌角的那一叠正襟危坐的书籍也忍不住有些心跳了。

君实却觉得那笑声里含着勉强——含着隐痛，是嗥，是叹，是咒诅。可不是么？一对泪珠忽然从娴娴的美目里迸出来，落在君实的鼻囱边，又顺势淌下，钻进他的口吻。君实像触电似的全身一震，紧紧的抱住了娴娴的腰肢，把嘴巴埋在刚刚侧过去的娴娴的颈脖里了。他感得了又甜又酸又辣的奇味，又爱又恨又怜惜的混合的心情，那只有严父看见败子回头来投到他脚下时的心情，有些相像。

然而这个情绪只现了一刹那，随即另一感想抓住了君实的心：

——这便是女子的所以为神秘么？这便是女子的灵魂所以毕

竟成其为脆弱的么？这便是女子之所以成其为sentimentalist么？这便是女子的所以不能发展中正健全的思想而往往流于过或不及么？这便是近代思想给与的所谓兴奋紧张和傍徨苦闷么？这便是现代人的迷乱和矛盾么？这便是动的热的刺激的现代人生下面所隐伏的疲倦，惊悸，和沉闷么？

于是君实更加确信自己的思想是健全正确，而娴娴毁坏了她自己了！为了爱护自己的理想，为了爱娴娴，他必须继续奋斗，在娴娴心灵中奋斗，和那些危险思想，那些徒然给社会以骚动给个人以苦闷的思想争最后之胜利。希望的火花，突又在幻灭的冷灰里爆出来。君实又觉得勇气百倍，却同十年前站在父亲灵床前的时候了。

他本能的斜过眼去看娴娴的脸，娴娴也正在偷偷的看他。

"嘻，嘻……嘻！"

娴娴又软声的笑起来了。她的颊上泛出淡淡的红晕，她的半闭的眼皮边的淡而细，媚而含嗔的笑纹，就如摄魂的符篆，她的肉感的热力简直要使君实软化。呵，魅人的怪东西！近代主义的象征！即使是君实，也不免摇摇的有些把握不定了。可是理性逼迫他离开这个娇冶的诱惑，经验又告诉他这是娴娴躲避他的唠叨的惯技。要这样容易的就蒙过了他是不可能的。他在那喷红的嫩颊上印了个吻，就镇定地说：

"娴娴，你的话，正像你的思想和行动：只知其一，未知其二。我们鼓励小孩子活泼，但并不希望他们爬到大人的头发梢。小孩子玩着一件事，非到哭散场不休；他们是没有忖量的，不知道什么叫做适可而止。娴娴，可是你的性格近来愈加小孩子化了。我导引你留心政治，但并不以为当即可以钻进实际政治——而况又是不健全不合法的政治运动。比如现在大家都说'全民政治'，但何尝当真想把政治立即全民化呢，无非使大家先知道有这么一句话而已。听的人如果认真就要起来，那便是胡闹了。娴娴，可是你近来就有点近于那样的胡闹。你不知道你是多么的幼稚，你不知道你已经身临险地了。今天早上我就做了一个可怕的梦——关于你的梦……"

君实不得不停止了；娴娴的忍俊不住的连续的小声的笑，使他说不下去，他疑问地又有几分不快地，看着娴娴的眼睛。

"你讲下去哪。"

娴娴忍住了笑说；但从她的乳房的细微的颤动，可以知道她还在无声的笑着。

"我先要晓得你为什么笑？"

"没有什么哟！关于小孩子的——既然你认真要听，说说也不妨。我听了你的话，就联想到满足小孩子的欲望的方法了。对八岁大的孩子说'好孩子，等你到了十岁，一定买那东西来给你'。可是对十岁大的孩子又说是须得到十一岁了。永久是预约，永久是明年，直到孩子大了，不再要了，也就没有事了。君实，——对不对？"

君实不很愿意似的点了点头。他仿佛觉得夫人的话里有刺。

"你的梦一定是很好听的，但一定也是很长的，和你的生活一般长。留着罢，今晚上细细讲罢。你看，钟上已经是九点二十分。我还没洗脸呢。十点钟又有事。"

不等君实开口，像一阵风似的，这位活泼的少妇从君实的拥抱中滑了出来；她的长背心也倒卷上去了，露出神秘的肉红色，恰和霍地坐起来的君实打了个照面。娴娴来不及扯平衣服，就同影子一般引了开去。君实看见她跑进了梳妆台侧的小门，砰的一声，将门碰上。

君实嗒然走到娴娴的书桌前坐下，随手翻弄那些纵横斜乱的杂志。娴娴的兀突的举动，使他十分难受。他猜不透娴娴究竟存了什么心。说她是不顾一切的要实行她目前的主张罢，似乎不很像，她还不能摆脱旧习惯，她究竟还是奢侈娇贵的少奶奶；说她是心安理得的乐于她的所谓活动罢，也似乎不像，她在动定后的刹那间时常流露了中心的彷徨和焦灼，例如刚才她虽则很洒脱的说："过去的，让它过去罢；未来的，不要空想；我们只抓住了现在，用我们现在的理解，做我们所应该做。"然而她狂笑时有隐痛，并且无端的滴了眼泪了。他更猜不透娴娴对于他的态度。说她是有些异样罢，她仍旧和他很亲热很温婉；说她是没有异样罢，她至少是已经不愿意君实去过问她的事，并且不耐烦听君实的批评了。甚至于刚才不愿意听君实讲关于她的梦。

——呵，神秘的女子的心！君实不自觉地又这么想。

神秘？他想来是不错的，女子是神秘的，而娴娴尤甚：她的构成，本来是复杂的。他于是细细分析现在的娴娴，再考察娴娴被创造的过程。

久被尘封的记忆，一件一件浮现出来；散乱的不连续的观念，一点一点凝结起来；他终于不得不承认，他的所谓创造，只是破坏。并且他所用以破坏的手段却就在娴娴的脑子里生了根。他破坏了娴娴的乐天达观思想，可是唯物主义代替着进去了；他破坏了娴娴的厌恶政治的名士气味，可是偏激的政治思想又立即盘踞着不肯出来；他破坏了娴娴的娇羞娴静的习惯，可是肉感的，要求强烈刺激的习惯又同时养成了。至于他自己的思想却似乎始终不曾和娴娴的脑筋发生过关系。娴娴的确善于感受外来的影响，但是他自己的思想对于娴娴却是一丝一毫的影响都没有。往常他自以为创造成功，原来只骗了自己！他自始就失败了，何曾有过成功的一瞬。他还以为莫干山避暑时代是创造娴娴的成功期，咳，简直是梦话而已！几年来他的劳力都是白费的！

他又想起刚才娴娴说的"你自己的手破坏了自己的理想"那句话来了。他不得不承认这句话是对的。他觉得实在错怪了李小姐。

他恨自己为什么那样糊涂！他，自以为有计划去实现他的憧憬的，而今却发现出来他实在是有计划去破坏自己的憧憬；他煞费苦心自以为按照了自己的理想而创造的，而今却发现出来完全不是那么一回事！

——迷乱矛盾的社会，断乎产生不出那样的人。

旧同学的这句话闪上他的心头了。他恨这社会！就是这迷乱矛盾的社会破坏了他的理想的！可不是么？在迷乱矛盾的空气中，什么事都做不好的。他真真的绝望了！

霍浪霍浪的水声从梳妆台侧的小门后传出来，说明那漂亮聪明的少妇正在那里洗浴了。

君实下意识地转过脸去望着那个小门，水声暂时打断了他的思绪。忽然衣橱门的大镜子里探出一个人头来。君实急转眼看房门时，见那门推开了一条缝，王妈的头正退出一半；她看见房里只有君实不衫不履呆呆地坐着，心下明白现在还不是她进来的时候。

突然一个新理想撞上君实的心了。

为什么他要绝望呢？虽说是迷乱矛盾的社会产生不出中正健全思想的人，但是他自己，岂不是也住在这社会么？他为什么竟产生了呢？可知社会对于个人的势力，不是绝对的。

为什么他要丧失自信心呢？虽说是两年来他的苦心是白费，但反过来看，岂不是因为他一向只在娴娴身上做破坏工作，却忽略了把自己的思想灌输给她，所以娴娴成其为现在的娴娴么？只要他从此以后专力于介绍自己所认为健全的思想，难道不能第二次改变娴娴，把她赢回来么？一定的！从前为要扫除娴娴的乐天达观名士气派的积滞，所以冒险用了破坏性极强的大黄巴豆，弄成了娴娴现在的昏瞀邪乱的神气，目下正好用温和健全的思想来扶养她的元气。希望呀！人生是到处充满着希望的哪！只要能够认明已往的过误，"希望"是不骗人的！

现在君实的乐观，是最近半个月来少有的了；而且这乐观的心绪，也使他能够平心静气地检查自己近来对于娴娴的态度，他觉得自己的冷讽办法很不对，徒然增加娴娴的反感；他又觉得自己近来似乎有激而然的过于保守的思想也不大好，徒然使娴娴认为丈夫是当真一天一天退步，他又觉得一向因为负气，故意拒绝参加娴娴所去的地方，也是错误的，他应该和她同去，然后冷静公正地下批评；促起娴娴的反省。

愈想愈觉得有把握似的,君实不时望着浴室的小门;新计划已经审慎周详,只待娴娴出来,立即可以开始实验了。他像考生等候题纸似的,很焦灼,但又很鼓舞。

房门又轻轻的被推开了。王妈慢慢的探进头来,乌溜溜的眼睛在房里打了个圈子。然后,她轻轻地走进来,抱了沙发榻上的一团女衣,又轻轻的去了。

君实还在继续他的有味的沉思。娴娴刚才说过的话,也被他唤起来从新估定价值了。当时被忽略的两句,现在跳出来要求注意:

——我现在走的方向,不就是你所引导的么?也许是我先走了一步,但我们还是同一方向。

君实推敲那句"走先了一步"。他以为从这一句看来,似乎娴娴自己倒承认确是受过他的影响,跟着他走,仅仅是现在轶出他的范围罢了。他猛然又记起谁——大概是李小姐罢——也说过同样意义的话,仿佛说他本是娴娴的引导,但现在他觉得乏了,在半路上停息下来,而被引导的娴娴便自己上前了。当真是这般的么?自信很深的君实不肯承认。他绝对自信他不是中道而废的软背脊的人儿。他想:如果自己的思想而确可以算作执中之道呢，那也无非因为他曾经到过道的极端，看着觉得有点不对，所以又回来了；然而无论如何，娴娴的受过他的影响，却又像是可信了，她自己和她的密友都承认了。可是他方才的推论，反倒以为全然没有呢，反倒以为从前是用了别人的虎狼之药来破坏了固有的娴娴，而现在须得他从头做起了。

他实实在在迷住了：他觉得自己的推论很对，但也没有理由推翻娴娴的自白。虽则刚才的乐观心绪尚在支撑他，但不免有点彷徨了。他自己策励自己说："这个谜，总得先揭破；不然，以后的工作，无从下手。"然而他的苦思已久的发胀的头脑已不能给他一些新的烟士披里纯了。

房门又开了。王妈第二次进来，怪模怪样的在房里张望了一会；后来走到梳妆台边，抽开一个小抽屉，拿了娴娴的一双黄皮鞋出去了。

君实下意识地看着王妈进来，又看着她出去；他的眼光定定地落在房门上半晌，然后又收回来，在娴娴的书桌上徘徊。终于那象牙小兔子邀住了君实的眼光。他随手拿起那兔子来，发见了"丈夫"二字被刀刮过的秘密了。但是他倒也不以为奇。他记得娴娴发过议论，以为"丈夫"二字太富于传统思想的臭味，提到"丈夫"，总不免令人联想到"夫者天也"等等话头，所以应该改称"爱人"——却不料这里的两个字也在避讳之列!他不禁微笑了,以为娴娴太稚气。于是他想起娴娴为什么还不出来。他觉得已经过了不少时候,并且似乎好久不听得霍浪霍浪的水声了。他注意听,果然没有;异常寂静,竟像是娴娴已经睡着在浴室里了。

君实走到梳妆台旁的时候,愈加确定娴娴准是睡着在浴盆里了。他刚要旋转那小门的瓷柄,门忽然自己开了。一个人捧了一大堆毛巾浴衣走出来。

不是娴娴,却是王妈!

"是你……呀!"

君实惊呼了出来。但他立即明白了:浴室通到外房的门也开得直荡荡,娴娴从这里下楼去了。她,夫人——就是爱人也罢,却像暴徒逃避了侦探的尾随一般,竟通过浴室躲开了!他这才明白王妈两次进来取娴娴的衣服和皮鞋的背景了。他觉得娴娴太会和他开玩笑!

"少奶奶早已洗好了,叫我收拾浴盆。"

王妈看着君实的不快意的面孔,加以说明。

君实只觉得耳朵里的血管轰轰地跳。王妈的话,他是听而不闻。他想起早晨不祥之梦里的情形。他嗅得了恶运的气味。他的泛泡沫的情热,突然冷了;他的尊严的自许,受伤了;而他的跳得更快的心,在敲着警钟。

"少奶奶在楼下么!"

便是王妈也听得出这问句的不自然的音调了。

"出去了。她叫我对少爷说:她先走了一步了,请少爷赶上去罢。——少奶奶还说,倘使少爷不赶上去,她也不等候了。"

"哦——"

这是一分多钟后,君实喉间发出来的滞涩的声浪。小小的象牙兔子又闯入他的意识界,一点一点放大了,直到成为人形,傲慢地斜起了红眼睛对他瞧。他恍惚以为就是娴娴。终于连红眼睛也没有了,只有白肚皮上"丈夫"的刀刮痕更清晰地在他面前摇晃。

1928年2月23日

(原载1928年4月25日《东方杂志》第25卷第8号)

一个女性

一

十四岁的一年,琼华从初级中学毕业了。她永远不能忘记行毕业礼那一天;她永远不能忘记她代表毕业同学致答辞时那一片狂热的鼓掌声;并且她也永远不会忘记从此以后就有多少村的俏的青年男子想尽方法要接近她,几个胆大的竟直截了当写了"请你看我够不够朋友"的信来。

对于这些纠缠,琼华是不知道畏惧,也不觉得厌恶,也无所谓高兴。她只觉得好玩。她的幼稚而天真的心坎中,饱贮着青春的朝露,使她的所见所闻都蒙上一层绯色。她不大相信——竟可以说是不大理会得,世上当真有凶险的人,当真有悲惨的事。自然她也感觉到那些追随在她左右前后的人们是抱有某种热望的,然后她深信他们没有恶意,正像她自己在花丛中追逐一只彩蝶,动机只是爱美而好玩罢了。和她友好的某女伴常常说男子们可恨,说他们像贪婪的苍蝇似的钉住一个女子是为了自私的龌龊的心肠，是把那女子当作玩物；琼华虽然口头上不反驳，心里却不以为然。她觉得这样的存想，是自己心中先有了渣滓。但她也不很满意那和她自己一样有若干男子围绕着的张小姐的态度。尤其使她不满的，是张小姐有一次批评那位憎恨男性的女伴，竟说她是因为没有男子爱，才发此貌似澈悟的议论。爱？怎样才算是爱呢？有男子爱，是值得骄傲的么？难道一个女子必须要个男子来爱么？是不是每一个女子注定了总有一个男子来爱？小了两岁的琼华，对于这些问题是向来不理会的；她只觉得有多少青年男子很小心殷勤很恭顺谦卑地追随她，并不是一件怎样不乐意的事。

如果男子们不是那样的小心恭顺，琼华或者会赞同她的女伴的意见，或者也许会同情于张小姐的态度；那时，她会更像一个现代人——现代的女性，而且分有了现代女性的苦闷和幽怨。但巧而又不巧的是琼华出身于本镇的望族；命注定了该受周围五十里内的青年男子的崇拜。父亲是"民元"的新党，现今退休在家，尚不失为在野的名流。虽然时移势迁，在野之类已经日渐失其重要，但在本地的小环境内还有相当的声望。父亲因为没有儿子，自小即把琼华男装；母亲因为渴望生一个男儿，直到如今也还讳说琼华是女性。琼华自己向来就不大理会是男是女；直到毕业礼那天的鼓掌声把她的少女的灵魂从中世纪式的梦幻里觉醒过来，她这才感到了几分自身的真实，然而新的体认和旧的梦幻随即又渗和了,成为现在的她。

父亲酒后喜欢发议论;那时候,就来了卢骚,福耳特,罗兰夫人,贞德,花木兰,还有秦良玉,——父亲时常口误,说成了左良玉,——这一串人名,便和夏天的急雨似的向琼华脸上直洒。父亲虽然把琼华男装,却又喜欢对她讲中外古今的女英雄;但琼华所醉心的,却是卢骚。"复归于自然"成为她的中心信仰。她觉得男子追随女性是"自然",女子呢,亲热的而又坦白的和男子周旋,也是"自然";两者都不足怪。

就是抱了这样的见解和态度,琼华很悠闲地度过了十四五的芳年,一切都是又光明又甜蜜。

二

围绕着琼华的一伙中,有一个比她大两岁的少年;很温恂的人儿,但是很和别的少年合不来。琼华常常看见他涨红了脸,怒目疾顾,像是一匹被追窘了的野兽,正在那里伺隙反噬;而此时四周的五六张恶意的笑嘴里便用了更撩拨的调子齐声高喊着:

"遗产,遗产!哈,遗产兄,遗产先生!"

琼华也时常附和地笑着,虽然不很明白这个诨名的来历,并且她也从没叫过一次"遗产"。可是她又觉得为了一个诨名和人家呕气,"遗产先生"也未免太认真一点儿。有一天,少年们又演这恶把戏,不知是谁说了句很轻薄的话,"遗产先生"忿然跳起来,眼睛里闪着挑战的红光,拳儿捏得紧紧的。嘲笑着的嘴巴都闭紧了,也用了轻蔑和敌视的眼光回答。琼华不能再笑了;在众寡悬殊的形势下,她有些可怜这位被呼为"遗产"的少年了。她直觉到这并不见得十分讨厌的诨名后面,一定有些伤心史,够使一个骄傲自尊的青年心里作痛。

"你们看见过青蛙,小小的青蛙发脾气么?没有?那是值得看看的哪!哈,哈,哈!"

一个姓黄的声音从威胁的沉默中透出来,于是少年们又都哄然笑了。琼华看见那被侮辱者的脸色转成灰白,看见他的眼眶边有些红了,看见他的嘴角微微下垂,但突然又用了惊人的力量缩紧来,眼睛睁得更大些,全面部耀出自克的不屈的光彩来。一种强烈的同情心也在琼华心中发动,她温婉的然而严肃的说:

"不要再开玩笑了罢。倒好像大家故意和张先生为难似的。彦英先生,也希望你不要放在心上。"

这几句话使得张彦英的脸色平静下去了,但当他看见那些少年们的嘴角上仍然挂着冷冷的轻笑,而且没有一个人对他看一眼,说一句抱歉的话,他的血便又往上冒;他很恭敬的对琼华行一个鞠躬礼,凛凛然走了出去,再也不管身后的断断续续的冷笑。

琼华悯然看着这位受伤者的孤独的背影，很替他不平了；她霍地站起来追到张彦英身边，轻轻的说：

"至少我是并没存心嘲笑你，况且我也不知道他们嘲笑的究竟是怎么一回事；张先生，难道你不能多坐一下子？"

"杨小姐，感谢你的好意；我不妨对你谈谈我自己的历史，但是我决意从今天起不愿再见他们那一伙人儿！现在，杨小姐，再会！"

又很恭敬的点一下头，这位傲气的然而伤心的青年便自坚决的走了。

第二天，琼华在家里接受了张彦英的访问。在十多分钟的谈话以后，琼华这才知道"遗产"的诨名无非因为张彦英是"遗腹子"。一些恶意的谣言家更说他是不知什么地方抱来的"弃儿"；这在素重"身家清白"的乡间便仿佛是犯了大罪，人人得而唾骂之。彦英愤慨地结束着说：

"在这里，姨太太，童养媳，都看做良风美俗；丈夫在外边宿娼，妻子在家里偷汉，生了的儿子，因为有名义上的父母，社会便不以为怪；然而我……"

琼华的忽然面赪，打断了彦英的话头；她，这位天真的小姐，一向在美幻的仙乡里做梦，何尝想到现实人生真有那样的丑恶。但也因为她是那样的天真，所以倒也并没嗔怒这位也还不过是泛泛之交的张彦英的太失检点的话语。

"然而你——怎样？"琼华垂下眼光，轻声的问。

"我，一个孤儿，即使是不知什么地方抱来的弃儿，也该和私生子有同样的权利罢？然而我，没有。我是到处受侮辱！"

这声音略带些咽，但随即转为高亢，接下去说：

"在小学校的时候，我是早已受到这样的待遇来了；那时我知道我的同学大都是些什么家庭里的人，我看轻他们。我用了比他们的更强烈些的轻蔑支撑着自己。现在是全镇的所谓有教育的优秀分子也来玩小学生的把戏了；我也将用十倍百倍千倍千万倍的对于他们的轻蔑来支撑我自己！他们最愿意见的，大概是我的沮丧而哭泣罢！可是我永远忍住了眼泪，我用忿恨报答！"

"希望他们只是一时的开玩笑。张先生，你看来不是么？"

"我也曾经这么希望着。但是那个何求已经公开的和我说过了。他说——杨小姐，请恕我的话语太率直——他说，老张，你要我们不叫你'遗产'，就赶快离开我们这圈子，赶快离开了密司杨。"

琼华心里一跳。密司杨？不就是她自己么？这也关连着她么？她寻求意义似的看了张彦英一眼，可是那坦白的面孔告诉她不是撒谎。

"是的，何求是这么说着；黄胖子的话更难听了。我几乎打他一个耳光。他们那卑劣的心肠！威吓对于我是无用的。可是，杨小姐，今天我特来和你告别了。"

琼华不置可否的点一下头，没有说话。另一些事在她脑子里旋转。一个很模糊的观念在那里要求她认识，一个残酷的现实在那里要求她接受。她的少女的心灵第一次感得了所谓烦闷。也是第一次被揭开了来体察现实人生的丑恶。

"我立刻要离开这个地方；不是为了他们的造谣侮辱威胁，却是为了我自己的将来。"

"哦，所以你说是来告别么？"

"是，永久的告别！如果这还算是我的故乡，我将永别这故乡，我永远离开了这里可憎可恨可鄙的一切；我也将永远离开这里仅有的我永远的所敬和所爱！我将悄悄的离开，像一个亡命客。我只让两个人知道，杨小姐，你，和我的妈妈！"

突然彦英的声音又带些咽塞了。他想起母亲十多年来含辛茹苦的生活所指望者，就是他，然而现在她将不再看见她的儿子了；纵使是暂时的分离，对于早衰的母亲也该是难堪的罢。彦英本来还有许多话要对琼华说，但现在有这蓦地闯来的排解不开的悲哀压在心上，他不能再多说了。他看了琼华一眼，默然垂下头去，忍受那最难堪的悲哀的啃啮。

"你到什么地方去呢？难道就永久不回来了么？"

在片刻的沉默后，琼华找出了这一句话。

彦英摇了摇头；但随即站起来慨然说道：

"没有把自己造成为一个人，我是未必回来；但即使回来，那也差不多等于作客，那也该是风景不殊，人物已非罢；那时你们都该已换了新环境罢；我是决意和这个不容我的故乡永别了。但愿这不容我的故乡对于尊贵的人儿能够永远爱护着爱护着！"

行了个严肃的半鞠躬礼，张彦英昂然走了；到门首时，他回头看了送他出来的琼华一眼，轻声的说：

"密司杨，永别了；但愿我所逃避的故乡能够永远永远尊敬你爱护你！"

三

被呼为"遗产"的张彦英虽然已经走了，但"遗产"的声浪还时常在琼华耳边响。围绕着琼华的那一伙人还不肯放弃这他们视为笑谈的材料。

琼华却有些讨厌他们这种太无聊的玩笑。她对于这位被侮辱者，不但有同情，并且也很感激着；在他的告别的谈话中，她学到了人生学校中的一课新书了。虽然她的平静天真的处女心被这课新书所烦扰，然而她愿意，她已经承认学习这样的新书是必要。同时她也不免慨叹：人生原来竟是这样的丑恶么？围绕在她左右的人们竟是这样的鬼蜮可怕么？"复归于自然"只是一句空话么？古来的圣哲叫我们爱人类，但是张彦英却憎恨人类，为的他不能从社会得到公平，这样的见解是合理的么？她都得不到解答。她也曾经问过父亲，不料父亲却笑她傻气，说是像她那样小小的年纪不应该就有这种样的思想。

但无论如何，张彦英关于他自己身世的几句话早已是粘在琼华脑膜上不肯消灭了。她仿佛由这几句短短的话里窥见了社会的矛盾，而且这几句短短的话也启发了她的社会观察的途径。她渐渐感得了家乡的小环境里到处染着不合理和不可解。可是第一次把这骇人听闻的意见出之于口，也还是为了张彦英。

那一次因为少年们又提起"遗产"的话头，琼华便很替张彦英分辩了几句。她并没多说，只引用了那天彦英自己说的话语。可是已经把四五张嘴都撅了起来。他们都是本地的望族，都是特殊阶级，自然不能承认这个意见。然而也因为他们究竟都是"尊重"琼华的，不好发作，只有素来不得琼华喜欢的尖刻的黄胖子似笑非笑的说了这么一句：

"杨小姐，替一个男子辩护，不是可以随随便便的！"

当时琼华并没理会这句话。十多天以后，她听见一些奇怪的流言了；来报告她的，正是那个何求。

"有一些人暗中捣鬼呢！密司杨，光景你自己是不会听到的。我已经把那个造谣的人狠狠地骂了一顿了。我警告他：不许再到你这里。"

何求很卖弄的说；他的圆脸儿上露出十二分讨好的意思。

"是什么谣言呢？我简直毫无头绪。"

琼华迟疑地追问。阴郁骤然掩上了她的心，她仿佛看见翕翕地闪动的鬼蜮的黑影，她不愿看，然而有一种不可说的力又在她心中鼓励她正视这黑影。

"谣言总是谣言，关于密司的谣言又总是那种关于密司的谣言。造谣的人自然是卑鄙的小人，可是密司杨，你以后顶好不要再提到'遗产'，犯不着袒护这个没有根底的小子！"

"张彦英！和他什么相干？"

琼华切进来似的急问。

何求似乎一怔，他睁大了眼睛看着琼华足有半分钟，然后又似笑非笑的把一对眼睛挤成了两条细缝，这衬托在他的塌鼻梁旁边，构成了非常滑稽的形容。他慢吞吞的说：

"谣言就是说到你和'遗产'呢！刚才我不是说过么？关于密司的谣言总是那种关于密司的谣言。密司杨，你大可不必追究；反正造谣的人已经不敢再放半个屁，我惩治的够他受！"

琼华很了然似的微微一笑，也不打算再多问再多说了；她略一领首，便旋转脚跟要走，可是何求又近前一步很鬼祟的说：

"然而,密司杨,你不可不知道造谣的是谁。像这样不光明的人,是应该认清楚了时时刻刻提防的。你身边的人儿中很有些坏人。"

琼华站住了;第二次感到阴影的压迫。感情上她真是不愿再听,但理智强迫她去认识这些阴影。

"就是那个黄胖子!"何求加足一句。

琼华默然点头,谢何求的好意,但也不让他再说话,就匆匆的走了。虽然她平日对于这个何求颇为淡漠,此时却也感激他;不是感激他所自夸的惩治造谣者,而是感激他也教给她一课新书。

她心头沉重的走回家去,觉得一切事物上的绯色渐渐消褪,不知道什么时候都换上了灰色了。她开始重新考虑那位憎恨男性的女伴的意见,以为也有片面的理由了;她又想到张小姐对付男子的态度,她又比较着追随在身后的三五个少年对于自己的态度,她努力想得一个结论,但终于她迷失在复杂矛盾中。

第二天她闷在家中,一个名叫李芳的少年也来访问了。这一位顾长机警的少年在随便谈了十多分钟以后,到底也转入了"谣言"问题上。他很恳切的说:

"造作那些不利于女士的流言的,黄胖子和何求都有份,不过黄胖子的话更难听。"

他也忠告琼华须得对于这些人留神；但他居然不说张彦英的坏话，他反而称赞他还有志气。

"你看他们造这些谣言是什么用意？"

琼华突然问，看定了李芳的乌溜溜的眼睛。

"啊，这个，这个，谁知道呢。我们不好说他们存什么恶意，可是，密司杨，你看，他们就是这样的无聊，不知轻重的人！"

琼华觉得这句话也还中听。她素来不喜欢专说别人坏话，把别人说成一钱不值的那样的人。而昨天烦扰她的问题至此也像得了个结论：人们即使不是你所想象的那样无邪气，却也不是你所想象的那样阴险鬼祟。

于是绯色的彩霞又在她眼前飘浮。

送走了李芳以后，琼华的心上忽又阴暗起来。何求也造谣！然而他居然先来报告呢！这岂是仅仅的无聊，不知重轻？如果把何求已经先来献过殷勤这件事，也对李芳说了，不知他还有什么批评！人们到底还是那样的阴险鬼祟？她的天真的心灵上并没怀疑到李芳，然而她不能不感到自己四面都是阴森森的恶鬼。

她冥想别人是不是也有同样的感觉。为什么总没听得别人说起过也有那样幽暗的包围？她记起了有一次和张小姐谈到报纸上几个女子的凶悍无行，张小姐便说是男子教坏了女子，原来女子是天真纯洁的；也许当真这话有几分合理罢？难道自己也终于不免被教坏？想到这里，琼华很担心自己，仿佛眼前就有一个大黑坑张开了吞噬的大嘴在等候她跌下去。她忍不住要哭了。

然后她又想起了父亲有一次对她讲起历史上的英雄，曾经很慨叹的说：历史上很少全始全终的英雄，就为的往往半途害于妇人女子之手。

为什么女子的张小姐和男子的父亲会有如此不同的议论？究竟是谁教坏了谁？琼华直觉到还是张小姐的意见对些。她忽然又想到张小姐有一次说她"太少阅历"；什么是"阅历"？许就是她自己近来所谓"学了一课新书"。她觉得应该去找张小姐谈一回了。

在镇外的古微园内，琼华遇到了张小姐。因为还是初秋，这个半公园式的园子里很有些人。张小姐和一个男同伴在豆棚下喝茶；她看见了琼华，就很神秘的一笑，迎上来拉她到较静的角落里问道：

"只你一个人来？"

琼华微笑点着头，同时感到这句话来势突兀。

"有几句正经话告诉你。近来外边说得你很不好听呢！我知道全是谣言，但是你当真替身家不清白的张彦英辩护过么？"

琼华透了一口气，颇有些后悔这一来了，但也不能不答：

"我只说他即使是不知什么地方抱来的孩子,也不应当侮辱他。"

"但是,我的好小姐,人家就造了谣呢!"

"我也知道一些。有人告诉我是黄胖子。"

张小姐摆出很可怜琼华的样子瞟了一眼,但看见琼华只微微一笑,没有作声,就赶快接着说:

"岂止他一个人呢!所有你的男朋友都有份。虽然不好说他们是共同造谣,至少是附和者;我亲耳听得的。"

"李芳也在内?"

琼华直捷的迫切的追问了。

"他也是个附和的人。所以,小妹妹,我常说你得十分留神。你不要太高兴有那些少年们追随你;他们当面恭维你,可是转过背去又在说你的坏话呢!或者他们还要在你面前互相攻讦,讨你的欢喜。可是这个只有你自己知道了。"

琼华忽然纵声笑起来。她感得有一种异样的荒凉的悲哀兜上她心头,如果此时她是在母亲膝前,她一定要放声哭了;但站在这位颇有幸灾乐祸意味的俏媚的张女士前,她只能借狂笑来发泄胸中的悒垒。她本就预备着有许多话要对张小姐说,但现在什么都不愿意说了,现在她只想逃回家去。她骤然感得人类是比想象中的阴险还要阴险些。她分明看见在她身旁憧憧往来的都是些魔鬼，都是在你跟前献媚而转过背去笑你，说不定眼前的张小姐也在内。

"张姊姊，谢谢你的美意。可是你有朋友在那边，请自便罢，我们再会。"

笑定了后，琼华很有礼貌的说，就飘然自去。

她坐在一棵僻静的槐树下沉思。她并不忿忿于别人的欺骗她，是一些更大的问题在她脑海中萦回。对于人类的憎或爱的问题又浮上来了。她先想到人类是应该憎恨的，她决意从此不理那些少年，不理一切人，学张彦英的逃避。但是转念后，又觉得除非逃避到棺材里去，不然，人们还是要来找着你，使你受气。而逃避到棺材里也是她所不愿意，并非为的死是恐怖，却为的死是丑恶。那么，试来热爱人类如何？她又觉得像猪猡一般喜欢在泥淖里打滚，喜欢受了鞭笞然后动的人类，是不配受热爱的。她试想从父亲说过的古圣先哲的理论中找一个解答，她又试想从自己特喜的卢骚的学说里找一个解答，但是都没有。对于这些学说，她本来仅是耳食，零零碎碎的，一知半解的；在当时随便听听，似乎颇有会心，可是现在细按起来，只觉得空，空，空；她发狠地想道：这些也都是骗人的！

她的头脑发胀了，她终于打算抛弃了这无结果的思索，逃回家去；忽然一条槐蚕冷冰冰的落在她颈际，使她全身一震。像是

思想上开了一条缝,她猛记起植物学上所说的虫豸顺应环境的天生的本能来了;一个新感念闪电似的在她脑膜上掠过:

"不憎也不爱,只是本能的生活着罢!即使围绕在我四周的都是魔鬼——也好,我要从这些魔鬼那里学习人生学校中的基本功课。"

四

除了父亲和母亲,琼华将一切人都看作"魔鬼";她坦然在他们中间周旋,努力学习"魔鬼"的功课。她学习他们的思想方式,他们的言语举止,他们的小巧小智,他们的待人接物的勾心斗角。最初她也感得几分不自在,但十六岁的她是容易改变过来的,所以不久就成了"青出于蓝"。她自己锻炼成怎样在衷心想笑的时候偏偏不笑,而在悲凉凄怆的时候反而狂笑;她学会了怎样在可憎的人前晏然谈笑;她又知道怎样在人们的眉眼中猜测他们的内心的动机,怎样在人们的言语中寻求反面的意义。每天她藏过了她的"真我",用她的私心鄙夷的"假我"对付人,然而这"假我"却帮助她在社会上高高的升上去,她成了交际的明星,成了一乡的女王!

但在静夜独坐的时候,琼华却只有冷笑。这是藐视的冷笑,也是得意的冷笑,是胜利者的冷笑,也是失败者的冷笑。她想起从前她以纯挚光明待人，然而所得的回答是欺骗，现在她以诈巧阴狠待人，可是人们的回答却是加倍的虔敬和崇拜。这不是正当的生活罢？然而这就是人人所愿意所赞美所奉行的生活；这就是"真实的"人生！

"人类就是这么一种贱货呵！你无须给他美的和香的，你只须给他丑的和臭的！"

在痛快而又悲凉的情绪中，琼华嘴角上堆着的冷笑似乎常常是这么说。

有时她也反省：或许自己太走远了一步？或许时间久了成为性习，无意中形成了自己的精神的堕落？然而她立刻很坚决的自己否认了！她有充分的理由拥护自己的行为，她又找不出自己的行为的动机有一丝一毫的不对；叭儿狗喜欢矢橛，就给它矢橛罢！

但假使琼华也曾有一分钟想到这样不憎不爱的冷酷的生活对于自己究竟有什么意思，那她或者要发生一些新的烦扰；但是对于十六岁的意气愤激的少女，我们还不能希望这个。

父亲偶而也忧虑着琼华的性格的转变。他不怕他的女儿"变坏"，他全权的自信着"他的"女儿是不会变坏的；他只忧愁着琼华的"太早熟"。他自己在十六七时是浑浑噩噩的，所以觉得十六岁的女孩子便那么练达人情世故不是"寿相"。父亲想到这里，往往要抱怨他的夫人为什么舍不得琼华出外读书，以至初中毕业后便登上了本地的交际社会。虽是这么说，老头儿看见琼华成为一个超群拔萃的女王，也未始不感着十分愉快。

琼华是一天一天的往上升。昔时追随她的少年们现在是低低地伏在她脚边了。他们现在十二分虔诚地崇拜她敬畏她，以前黄胖子敢因琼华不大理睬他而怨恨，而甚至于敢借张彦英的事在背后造谣，但现在则黄胖子万万不敢了。他觉得琼华的锐利的眼光能够烛照到他的心，使他不敢起丝毫欺罔的念头，却又觉得这同时又很妩媚的眼光能够熨平他的半分之半的怨意，使他绝对地屈伏绝对地崇拜。琼华已经不再是天真少女的琼华，而是一颦一笑中有生杀予夺之权的一乡的女王！对于天真少女的琼华，少年们敢存"获得"之想——这是个人本位主义的获得；但对于女王的琼华，少年们只能完全伏在地上静候她的"垂青"了。以前少年们在背后私谈，还敢对于她有些不敬的游词，但现在则"琼华"成为神圣的化身，谁敢有半分不敬的意思表露出来，谁就成了众矢之的了。

只有顾长的李芳尚敢一望琼华的项背。这在从前或者要引起多人的嫉妒，因而会造出一些谣诼，但现在则够不上一望项背的少年们只能自叹命运不佳，只能更虔诚地默祷佳运也来到自己头上，即使只是琼华的偶一顾盼也好。

张小姐身后追随的，本来只有第二流以下的少年，现在连这第二流以下的群众也离开了她，把张小姐撇成很孤独了。她只能曲意交好琼华，希望捞回这么一两个，妒恨的意思也是不敢存想。

虽则周围的人们是那样的改变了面目，而在琼华的眼中心中，他们仍是一些魔鬼；不过从前是张牙舞爪攫噬的凶恶的魔鬼，而现在是阴柔乞怜，伺隙诱人的可怜相的魔鬼罢了。她并不希罕这些"魔鬼"的崇拜，但也不拒绝。她也知道这些"魔鬼"少年们对于她的崇拜是为了某种目的，可是她并不惊异，也没喜悦，她还是只有冷笑。

她的十七岁的初度，恰在三月艳阳天。不知道是什么人造意，也不知道是什么人附议，那一天的古微园中忽然齐集了本地的"裙屐少年"，——也还有些豪兴犹在的老辈，为这一乡的女王上寿。父亲和母亲也被他们的卑辞隆礼请了来，被包围在众口的谄谀中。琼华自己呢，自然更是注意的焦点。在桃李的交荫下，有二三老的少的在那里切切私议；议的是什么呢？是对于琼华的颂赞！在圆卵石径畔的小篱侧，在半泓清水的金鱼池边，有人在那里遥望，也为的琼华正从那边姗姗而来。

"三月十七！这个可纪念的日子将永久成为本地历史上的佳节！"

李芳捉空儿对琼华轻轻地这么说。

琼华的回答只是个令人难以捉摸的微笑。她的冷酷的少女心中却像水面微沤似的漾起一个新感触：一生能有几个三月十七！

"我希望明年，后年，大后年，或者是大大后年，将有另是一番风光的三月十七的佳节！"

李芳又轻轻的逗着说；他的机警的黑眼波在酡红的琼华的颊上掠过，是十七岁的少女见了都会迷乱。然而琼华不动心。她用了庄严的然而婉曼的口吻针对着李芳的语意回答：

"也许还有几个三月十七留给我，但都是今天那样的一个；我不要别有一番风光的一个！"

于是她很有礼意的对李芳一颔首，便转过去和另一个少年周旋。

那天晚上回到家里时，母亲对琼华说：

"琼儿，你这么一点小小的年纪，轰动了那许多人来和你做寿，恐怕会折了你的福。"

"是他们自己要来；而且先前并没人说起呢。妈，你想，阎罗王自然也明白，未必会就折了我的福。"

琼华倚在母亲肩头艳笑地回答。

"你已经是十七岁了，我们还只有你一个。医生说你的爸爸是酒养着命，可是究竟也伤了身体。琼儿，但愿明年此时我们家里多一个人——你有一个心投意合的官人。"

琼华低了头不响。她并不是害羞,她是又感到了空虚的悲哀,她把脸儿贴在母亲的颈间,忍不住要掉下眼泪来。她心里说:"妈,你宝贝的女儿恐怕要使你失望呢。"她很想把自己的衷曲对母亲诉说,很想这么问:"妈,当你还是少女的时代,是不是也有那么多的魔鬼的?老了的妈大概不知道世界已经变得很坏!"

但终于只抬起头来对母亲微微一笑,一个字也没有说。她决意深藏她的寂寞的悲哀,即使在最亲爱的母亲跟前,现在她还是不愿意说。

五

然而有一个异样的东西现在一天一天的在琼华心中觉醒起来,给她多少的扰乱。

春去了,夏来到人间,原野染遍了绿色;往时琼华最喜欢这一望无际的碧绿的海,但现在却感得了凄惨。她恨蝉噪聒耳,她又嫌莲花红的太可怜。她渴望黄花的秋季。她梦想飒爽的秋气将给她精神上的晶明安谧。可是秋天当真到了时,她又觉得太萧瑟。秋的那种肃杀的气氛,原和她的无憎亦无爱的情调有些相合,但现在她则以为太冷酷了。她暗地惊讶自己的变态,她要搜求这变态的所以然；夏和秋还是去年的夏和秋，本地的小环境还是去年的小环境，一切自然的和社会的都没改变；改变的只是她自己的心情。她渐渐的体察出来，是有一股不可抗的力在她心中作怪，但究竟是什么力，是什么性质的力，她还是不明白。

她的周围也在不知道什么时候有了些改变；几个常日追随她的人儿忽然褪色似的不见了。这本不是怎样值得奇怪的事，她本来不稀罕；可是也不能说竟没有像骤然短少了什么东西似的异感。而况她的自尊心也不免受了些损伤。她本来鄙夷这些人，这些魔鬼，但是受他们的崇拜既成了习惯，便觉得他们的忽然逃亡，是一种不敬的举动了。琼华也知道如此耿耿是没有理由并且不值得，但在感情上终有些放不开。她疑惑自己是变得俚俗了，但又自己分辩着：事情不是这么简单！渐渐的她又辨认出来，这还是那股不可抗的力的作怪。

只有李芳还照旧很殷勤的追随在她左右，琼华也照旧看待他是一个伶俐温和的魔鬼。但是这魔鬼有一天却说出几句震撼着琼华的心灵的话来了。大概是在琼华家的会客室内，正谈着一些相识者的近况的时候，这位李芳突然转换了词锋问道：

"密司杨，你看，不是何求他们近来少见了么？"

琼华看着窗外的零落的黄花，默然点头。

"何求他们真是何求呵！"

李芳歌吟似的接着说。

回过脸来的琼华看了李芳一眼,似乎是等待他的下文。

"曾经听得张小姐批评过一些接近她的男子来。说他们刚和她认识了做朋友,便打算着进一步的要求;至多忍耐着守到三个月,便又望望然去之了——"

琼华很有兴味似的听着,突然微微一笑,紧接上来说:

"这就是说明了你不是那样的人?"

李芳心里一跳。纵使他是十分机警,此时也不能立刻辨出琼华的用意究竟怎样。他很快的对琼华看了一眼——几乎可以说就是瞟了一眼,等待琼华的下文。

没有下文,只有沉默。

"密司杨,有些人喜欢说明自己,我却愿意自己让别人来说明。有些人心里所要的是甲,然而所说所行的却偏偏是乙;也许是故意,但因此又会感到环境的拂逆。极聪明的人往往会做出这些极矛盾的事来。张小姐有许多地方不足取,可是她知道自己心里的要求是什么,毫无掩饰的去寻觅,所以她没有多大的精神上的苦闷。自然她是浅了一些,可是太深湛的人便会有自己也不很明白的难以排解的忧愁。"

李芳像指定着什么,然而又很闪烁的说。

"哦,所以我是那么无忧无虑的;是不是做浅人反倒容易过活些？"

琼华也闪烁地回答；同时又露出一个难以捉摸的微笑。她的心里却忍不住不这么想：呵，这个机警的魔鬼窥见我的心曲了。

"密司杨，你自己知道你这句话的正确意义。并且你自然也知道别人的意见刚刚和你这句话表面的意义相反呢。"

琼华长笑了一声，把话岔开去，再没有机会给李芳拾取那掉落的问题来饶舌了。

晚上是很好的月色。琼华独坐在窗前，白天李芳的话，又在她心里盘旋。她惘然毫无系统的想：自己近来的变态，大概有多少人已经觉得了罢？内心的要求？什么是自己的内心的要求啊！对于人类早已无憎亦无爱，还有什么要求？然而近来心灵上的扰乱？难道这不可抗的动乱着的力，就是潜伏的内心的要求？琼华不得不承认"是"，可是仍然不明白这要求是什么？

月光泻在她身上，便仿佛浸浴在冷泉里一般，使她起了清凉之感。不仅是清凉，还带着些凄怆的味儿来。她望着那一轮满月，思想更飞得远远的。月亮里果真有嫦娥么？科学家说是已死的星球呢！自然是科学家的话合理些，但月亮有那样感人的魔力，或者应该说它有一个仙人的嫦娥更恰当些罢？但嫦娥也太孤独了，高高在上的，只有小小的白兔作伴侣。于是琼华想起了《月明之夜》的歌词。她记得曾经有人说这一篇歌词的意境是从李义山的两句诗"嫦娥应悔偷灵药，碧海青天夜夜心"，脱胎而来。该是不错的罢？即使是高高在上做了神仙，也不能不感到寂寞的悲哀，也不能不想着爱的抚摩罢？爱！这神秘的东西！没有爱的生活，即使是神仙，也不能不感到缺憾！爱，爱，爱啊！但是何处有爱呢？何处是爱呢？

琼华忽然不自觉的掉下两点眼泪来。风是这样的软软，月色是这样的皎洁，夜是这样的静默，然而她，她，她是这样的孤独忧悒！在她的轻轻地颤动的胸脯下，有一颗温暖的心，在这温暖的心里有甘泉似的连珠似的话语要倾泻出来；诉给月亮听罢，月亮是太高了，听不见；诉给风听罢，风儿飔飔地去了；诉给夜听罢，夜板起了沉默的死脸不理睬！只要有一头猫，一头狗，——便是一个虫也好哪，她将拥抱着，诉说她的荒凉之感。然而什么都没有，她只能空虚地拥抱了自己的紧满莹白的胸怀！她看着自己的处女的胸脯，处女的腰肢，突然颞颥部的血管轰轰地跳起来，脸上觉得了烘热。蓦地一句久已遗忘的话从记忆的灰尘中跳出来：一生能有几个三月十七！哦，一生只有一个十七的芳年！

她的神经像通了电流似的敏活起来，但是闪闪地纷乱地没有中心点。她想到了儿时的琐事，想到了学校的毕业礼，想到了此后的一切一切，然后又回转去想到了六七岁时所受的母亲的爱。她猛然发见了一个新秘密：她比较着儿时的母亲和现在的母亲，没有什么分别，但她自己是不同了。她不能仅仅以母亲的爱自足，她还需要一些别的爱。一句母亲的话倏又闯到她眼前：母亲期望她及早有一个心投意合的他！呵，他，他，他是何等样的人呢？在辽远的地方？抑在左右前后的身旁？这个他就能安慰寂寞苦闷么？这个他正在施施然来么？如果他此时像梦幻似的突然出现，她一定得倒在他怀里么？但愿他正在此时出现呀！

琼华睁大了眼，痴望远处的树影。她想：这不就是他么？这总该是他罢！为什么迟疑地不上前来？她惘然机械地想着，看着，突然那树影幻化为顾长的人形，像投射出的一颗石子似的直奔过来。呵，原来是他，李芳，"这个机警的魔鬼！"琼华的下意识拨动了这一句话来，可是意识地她却对投奔过来的幻影说："你就是安慰我的凄凉的他么？即使是你啊，我也将接受！"她张开了两臂要去拥抱这幻影，然而什么都没有了，只剩下孤独幽怨的她自己。

琼华颓然伏在窗棂上，忍受那初觉醒的恋爱的磨折。

终于她又较为清醒地反省着：生活没有爱是难堪的罢？但爱的不可分离的伙伴却又是憎呢！为了爱，便是憎亦较为可耐么？人们毕竟不是那样的不能爱而且亦不屑憎么？人们未必竟是魔鬼罢？当真自己是学得太坏，变成了太冷酷么？如果自己不是那样的冷酷，或者人们亦不会像自己所见的那样坏罢？从前学习着如何不憎不爱，结果岂不是止成了憎？现在便该学习着如何去爱么？该去试试爱李芳么？如果他不是怎样的不值得爱！

琼华偷偷地轻轻地在自己手背上印了一个吻，似乎这就是部分的李芳。

但在白昼时，刚毅和冷酷又支配了琼华。她仍是那种俨然的态度，机巧的令人不可捉摸的颦笑，在人们眼前周旋。她第一眼看见李芳时，也觉得心里一动，但"习惯的力"随即将她挺直，她还是以前的她，给李芳以落落难合。虽然在静夜的深闺，她又自悔白昼的言行，她又幽怨地渴望爱的抚慰，可是第二天又在人前时，她仍旧让刚毅和冷酷支使她，毫无挣扎。

"究竟何者是我的真我呢：是晚上的脆弱的渴求爱的安慰的我，抑是白昼的冷酷狷傲的独往独来的我？"

琼华在独自的时候，常常这么问；可是她看来她终于是无法解决这本身的矛盾了。

六

在这矛盾苦闷的心情下，琼华像做梦似的又度过了半个月。"双十"那一天，父亲喝多了酒，独睡在书房里，不知怎的忽然火烧起来。待到琼华他们发觉时，书房的门窗边都已经冒出黑烟。母亲发痫似的喊着，几次要冲进书房去，都被家下的女仆下死劲拖了回来。琼华用长凳撞开了书房门,从浓烟中钻到父亲榻边,却见父亲的下半身还搁在榻沿,头倒植在地上,面目已经焦黑。琼华惊号了一声,扑在父亲尸身上,便失了知觉。

琼华被救醒来时,看见母亲躺在地上狂呓,看见乱哄哄的不知有多少人在前前后后的跑着嚷着。红光是看不见了,焦臭的气味充满了全空间。虽只烧去了书房,然而父亲已经死了。

父亲的丧事刚完,母亲便病倒在床上。在几天之内,母亲是老了十年。琼华也突然消瘦,脸上的处女红早已消失了。反是她的左上颊受了一点小灼伤,现在有指头般大的一个红疤。并且这太强烈的悲伤的袭击又将她变成了麻木。她每天坐在母亲的病榻旁常是呆呆地瞪视;她不但忘记了笑,并且也忘记了哭。

母亲的病只是不轻不重的缠绵着;她不能一刻离开琼华。然在第一次的冰雪到来时,母亲的病突然转重。经济的压迫也渐渐感得了。亲戚故旧,早已疏远;便是那追随琼华最勤的李芳也有许久时候不见了。琼华的骤然丧失了爱娇,使得这个"有耐心"的少年也终于绝望。

谁曾从丰裕跌落到贫乏,从高贵跌落到式微,那他对于世态炎凉的感觉,大概要加倍的深切罢?琼华想起半年前尚被尊为一乡的"女王",现在则连普通的女子都不如,到处受人冷淡,受人奚落,似乎正因为从前他们的崇拜太过当,所以现在要来加倍的取偿：想到了这一切，琼华便连忧虑母亲病况的心情也减少，只忿忿的要报复。兀坐在母亲的病榻旁，听着母亲的断断续续的呓语，琼华常常冥想将来如何报复那些无耻不义的人们；她时常想的很远，很兴奋，便恍惚已经回到昔日的尊荣，恍惚她正在人声痛骂那些战栗地俯伏在她脚边的人们。可是现实的镜子突然一动，琼华照见自己已是那样的憔悴可怕，已经失却了颠倒男子的魔力，便又浑身冰冷，低叹了一声，忍不住簌簌地落泪了。

她也时常放开一步想：从前将他们当作魔鬼，现在才知道他们还不配，他们只是些蛆虫；和蛆虫们呕气，真是何苦来呢！于是她悟彻了一切似的心地开朗起来，她想到母亲的病不久总可全愈，想到自己如何在社会上安身立命，想到如何到一个更大更开明的环境里追求高远雄伟的憧憬，"高飞远走去罢，剩这些蛆虫们在粪窖里攘争！"可是她的狷傲的本性也在此时反攻，她觉得就如此轻轻放过，太便宜了那些蛆虫；她宁愿再辱没自己一次，再做一次"粪窖"中的"女王"，给蛆虫们一个严厉的教训，然后丢手。

但无论如何，总须先得母亲病愈。一切希望，一切计划，都得等母亲病愈了，然后有实现的可能。琼华每天去找医生，照例是下列的一串质问：怎么昨天的药吃了也不见效？怎么还是昏迷不醒？怎么只是出冷汗？怎么只是嚷着要搬家？怎么……怎

么……怎么？

医生的回答却只是同样的一句：

"杨小姐，尊堂的病，十天八天是不会好的；今天下午我再到府上来诊视，换一种药试试罢。"

在母亲生病期内，琼华家中的来客就只有这位医生。待到过了旧新年，便连这位医生的脚迹也不常见了。长日的医药费的负担，早已感得太重，但也还勉强支持，可是旧年关的债务的掯逼使得琼华不得不克减到这方面了。陈债和新欠，容易地将这一乡的望族推倒。家中的老女仆曾经对琼华这么说：

"许多陈债都不是我们自己的，都是老爷替人家担保受累下来的；老爷在的时候，从没见他们来要过，怎么现在一齐都来追讨了！琼小姐，不要理他们！就是那些新欠也可以说几句好看话，拖延过年关的。"

但是琼华太高傲了，不能接受这个实际主义的忠告。她变卖了产业，应付这些债务；当她将钱票掷在那些满堆着笑容的白痴样的脸前的时候，她便觉得这是对于无耻的蛆虫们施行了千分之几的报复！

"我并没像你们所猜想的那样可怜，颓唐，没落；我永远是高傲的，我永远鄙夷你们！"

缀在琼华嘴角的冷笑似乎这么说；这时为了太兴奋，她的瘦削的脸上突然升起了两片红晕,她的眼睛闪闪地放光,她还是不平凡,还能颠倒众生,还有复仇的资格。

医生不常来,母亲的病反倒渐渐有起色了。琼华的眼前又架起粉红色的希望。春的气息吹入琼华的心坎,她的脸上又回复了迷人的朝霞;她的曾被火伤的左鬓,现在又是乌黑黑地,而在黑发与粉颊间的一粒红疤更增加了几分撩人的妩媚。虽然瘦削了些,可是别有一种清奇的美,夐然不同凡俗。

三月十七又曳近来了。母亲已能起床。琼华为的要表示她并未没落,也为的要实现她计划中的报复,便又常常外出。她的再现于社会,就如一个彗星,引起了大众的新的注目。人们像忘记了过去的种种似的渐渐地又围绕在她四周了。可是已经没有尊敬崇拜的意味,只是好奇,只是侮狎。

在琼华呢,也感得了一些异样;旧日的裙屐少年大多数不见了,一半是离开了本地,一半是已有所属,躲在新房里了。现在围绕她的,只是旧日的第二流以下的人物;这"降格"的感念,也很烦恼了琼华,而况复仇的意志又在心中沸腾着,所以她比从前更加高傲,几乎有些近于暴躁了。

一些大不敬的话语也常在人们嘴边响:

"看哪,她还是那么骄傲,咄!"

"这叫做:人苦不自知!她的名流父亲是烧死了,她的家产也完了,她只是个任人播弄的孤女罢了;大家还给她一点面子,她反倒更加狂妄!"

"其实那怪瘦的猴子脸也引不起人们发狂了,真是可笑!"

"她也和她的父亲一样,只靠从前的虚名过日子了;哈,哈!"

"............"

这些私议,琼华也微有所闻;即使听不到,她也能够在他们的眼光中看出来。她倒并不激怒。她早已看透了他们,她只想得一个机会狠狠的报复一下,便踢开他们。她预计要在三月十七日举行报复。

终于三月十七姗姗地来了。可是没有古微园中的不期而会。琼华在古微园中徜徉,虽然也遇见了几个人,但都只伴笑着向她点头,敷衍了几句,便懒懒的走开。去年的事,好像他们都已忘却。琼华突然认识她是完全失败了。过去的豪华不会再来,因为今年是今年,不是去年了!

七

从古微园中回来,琼华便病了。这是长期的悲伤辛苦愤怒的总爆发。病中高热时的谵语只是一句话:"我们搬了家呀,离开这粪窖!"

母亲把仅存的几个现钱都用作琼华的医药费。高热期虽然度过,病褥的缠绵又开始了;医生说,这是"女儿痨"!

母亲听着变了脸色,嘴唇也发抖。琼华却凄惨地一笑。她现在是当真厌倦了这罪恶的世界,她祈望早些死;她劝母亲不必为她的病多化钱,她是无望了。她也常想到自己死后的母亲将更孤独,为了可怜的母亲,她应该求活;可是她想不出一条路给自己勇敢地活着。她没有勇气再在这罪恶的世间孤身奋斗了。

于是久已退隐的恋爱的觉醒又在她的创痛的心中漾动了。如果有一个他呀!只要还有一个他,便一切都不同了罢?然而上帝吝惜这个他!

夏来了又去,新秋的爽气似乎把琼华刺激起几分精神来。她时常倚了枕头望着窗外的秋色,时常起了无数的冥想。她更多的想着过去。最辽远的过去,也被她挖了出来。一幕久已遗忘的故事蓦地再现出来。张彦英的勇毅果决的面孔像魔术里的月亮似的放大起来,塞满了她的房间。呵,这个逃避故乡的少年,近来可安好?他的最后的一句话,此时突然跳出在琼华的心上:"密司杨,永别了;但愿不容我的故乡,但愿我所逃避的故乡,能够永远永远地尊敬你爱护你!"真料不到这一句诚挚的祝福到现在却成了凄惨的反讽呀!琼华听得耳管里轰轰然响起来,她又看见天花板在她头顶旋转;然后她又看见张彦英的面相从窗外飞来,从天花板上飞来,从桌上,从她的药碗里飞来,都联成一长串,像颈饰似的挂在她眼前;她又看见这些面相都发出一声轻轻地叹息:"不容我的故乡现在也不容你了呵!我们是同命者,我们曾经相怜,现在让我们相爱罢!"

琼华松了口气,一切幻境,都归消灭。但是她心头却感到一种温暖。她又想起张彦英告别时的另一句话:"我将悄悄的离开,像一个亡命客;我只让两个人知道,杨小姐,你,和我的妈妈!"

这就是恋爱的表示么?他深藏着这个爱?是的,他一定深藏着这个爱到现在!这个奇特的少年在这两年来一定是为了这深藏的爱而奋斗呀!琼华十分自信的想着。她深信这个少年不久将回来,回到她身边。她深信这便是上帝赐给的他。她又深信自己过去的种种似乎都和张彦英直接间接有关。这便是所谓命运罢!

于是希望的火又从冷灰里复燃了;琼华要母亲去探听张家的消息,这才知道张彦英的母亲也在春间出去了,没有人知道他们的下落。琼华不失望。她深信张彦英一定会回来的。不是他曾经说过么:"没有把自己造成一个人,我是未必回来";现在过了三年了,该已造成了罢?

琼华隐藏她的欢喜在盼望中。她早晨从喜鹊嘴里听取好音,她又在月明之夜暗祷;她看见木芙蓉花开的很早而鼓舞,她又暗伤寒风将吹零了众芳。她觉得大自然的流转就是她自己的命运的节奏,她从每一个鲜明的彩色里看出自己的将到的幸运,她又从每一张树叶的飘落声感得了阴影的袭迫。她从秋盼到冬,从瀼瀼的白露盼到凛凛的严霜,她只是永久的自信的静默的期待着。

终于冰和雪又包围了这大地。琼华的胸中却满贮着炽炭似的热望,熏红了她的双颊,又刺激她不能睡眠。她终夜张开了期待的倦眼,望着神秘的黑暗;她看见一点一点的火星在满房里游荡,黄的绿的飘带在她床里舞蹈;她又听得登登然的足音,远远的近来,近来,直到她房门外。"那不是他终于来了么?"她喘息的想,心在胸膛里狂跳。然后她又听得响亮混乱的杂声一时并作,似乎屋顶就在她头上倒塌。

这样的直到天明,她觉得眼睛里像塞进一块炽炭那样的燥涩,舌头僵硬的像一块木片,冷汗湿透了衣服;于是在艰苦的喘息后,她勉强有几分钟的朦胧。

医生悄悄地对母亲下警告。老女仆也时常背过了琼华在母亲面前摇头。但神圣的期待还在琼华心中跳跃。她并没留心到满面阴暗的母亲近来偷偷地忙着的一些事。

那一天突然燠热。琼华从上午起就有些昏谵。她瞪直了眼睛,只反复的说着:"逃避呀……这些蛆虫……这粪窖……我是专等候着你来。"在她的昏眊的眼前,展开了过去生活的全景,都颠倒错乱地闪闪地进窜。

"琼儿，琼儿，醒一醒呀，妈在你身边。"

母亲抱住了琼华，噙着眼泪，低声唤。

琼华像是清醒了些。她呻吟了一声，慢慢地闭上她的枯涩的眼睛；突然又出惊地睁开来，睁得怪大的。她看见儿时玩弄的一个小洋娃娃很大方的从屋角里闪出来，向左右顾盼，像是一个满腔心事的大人。扎拉，扎拉，那边又跳出一个女形的洋娃娃来；那正是先前出来那一个的配偶。他们携了手，向着琼华慢慢的踱过来。琼华认识他们正是自己儿时常常替他们举行结婚礼的那一对。现在他们慢慢的踱过来，更加近了，更加大了，直到成为两个大人，赫然站在琼华面前。琼华举起微抖的手来，正待招呼这两位，蓦地认出那男的一个却正是张彦英。于是一阵奇突的晕眩便击中了她。

母亲看见琼华的手指向空抓着，眼睛翻了白，忍不住惊喊起来。老女仆也跑进来。她们抱住了琼华叫唤。外面此时正腾起一片寒风，卷出三三两两的雪花来。

雪是无声地飞舞，室中的两个老妇人是哀默地垂泪，琼华还是若断若续地谵呓着。

八

下午，琼华又像是清醒些了；她静些了，时时睁开眼来，她看见室内的人形物件都有一圈淡晕，而且闪闪地摇晃。她听得有一些声音在远远地远远地唤着；她还有想听一听清楚的意识，可是那声音在倏地一曳近的时候，又远远地远远地飘开去了。她又仿佛觉得自己的头发被揪着，唇中被掐着，然后母亲的声音突然像尖针一般刺醒了她：

"琼儿，张先生来看你了，张彦英先生！"

张彦英，他，他么？

琼华的残余的生命力就像闪电似的攒集注射在这三个字上！她的眼前突现了轮廓分明的含愁的面庞，正是期待得那么久的他！而且旁边并没有另一个她！

一个微笑浮上琼华的嘴角。她的苍白的两颊又泛出了红潮。她美妙地再瞬一眼，然后慢慢的阖了眼皮，像春困的少女，软倒在母亲的怀里了。

1928年8月20日—25日，东京。

（原载1928年11月10日《小说月报》第19卷第11期）

诗与散文

一

青年丙再向桌上的鲜花瞬了一眼，嘴边浮出个满意的微笑，继续在房中踱着。他的眼光注在自己的脚尖，跟住那黄皮靴的狭长的亮头忽起忽落。他仿佛看见靴尖的每一翘送，便飘起了一朵彩霞，一朵粉红色的鲜花，正是表妹送来的现在搁在书桌上的那样的鲜花。

他忍不住又醉醺醺地微笑了，因为他看见脚尖上飘浮出来的花朵现在也幻出迷人的笑靥来；他立刻辨认得这可爱的笑靥就是占据了他的全心灵的表妹的容貌。占据了他的全心灵？"全"——心灵么？青年丙此时是毫无愧怍地自信着。当两星期前初次遇见表妹的时候，他便在心里对自己说："到底来了，一个抓得住我的心灵的女子！"那时，他像烦渴到眼中冒火星的人骤然畅饮了清泉，像溺水的人抓得了一块木板。"灵魂洗了个澡！"他用这句话来形容自己心境上的甜美清快。而冰雪聪明的表妹也似乎早已窥见他的隐衷；所以今天送来鲜花的时候，她那微风振幽篁似的可爱的声音对他说：

"丙哥，你喜欢这些白玫瑰么？希望你只看见洁白芬芳的花朵，莫想起花柄上的尖利的刺罢！人生的路上，有洁白芬芳的花；也有尖利的刺，但是自爱爱人的人儿会忘记了有刺只想着有花！"

那时他的眼睛也湿了，他的心里膨胀着铭感，他的喉头被快乐挤满，竟说不出一句话。如果不是这样端丽温柔的表妹，他一定要直前拥抱了，用无数的亲吻来代替回答；然而在天女样的表妹跟前，他只能噙着眼泪遥送感谢的热忱。他时时觉得在表妹前他便变成了高尚圣洁些，似乎他的隐秘的罪辜也减轻了压迫了。

这刹那的闪电似的回忆，使他止步在书桌前；他惘然低下头去在那束白玫瑰上轻轻地印了一个吻，然后转身对一面大衣镜看着。

在镜子里对他展笑的，是一个修短合度，丰韵潇洒的少年；一对不大不小的眼睛，凝睇时荡漾出幽波，瞬动时燃炽着情热；玲珑的口辅，便是不语的时候也像有温柔絮语在低低倾诉。

青年丙忍不住独自笑出声来。像他这样的俊伟的人物该算是不辱没了表妹罢？并且亦惟有像他这样的人物才能懂得什么是女性的精神美罢？他自己真难自信曾有一时竟会颠倒于一个徒有肉体的女子！他想来那该是一个梦。清醒的他是决不会那样庸劣卑污的罢！

突然他看见镜子里的他的身后探出个人头来了。黑而多的头发，长的眉毛和长的眼睛，眉目之间的红晕，半开的笑口，都像电流似的通过他全身，使他震了一下。他本能地退后一步，同时心里说："自然只是幻觉而已。难道会是真的她又来了么？"然而镜子里的人头亦引前一步，半嗔半怨的目光从镜子里射定了他。这宛如一道烈火，烧毁了他的空想的网，又引燃了他的愤怒。他霍地转过身来，便和一位身材苗条的妇人面对面了；他皱了眉，睁大了眼睛，似乎是气得说不出话来。

二

"我知道你的心已经变了，我知道你十分讨厌我——十分，正好像你从前的十分爱我；可是我不肯放松你。你们那些新名词，我全不懂；我没有学问，没有思想，没有你们那些新的思想，我是被你们所谓绅士教育弄坏了的人；可是我知道有我自己。如果我是不乐意，从前你休想近我的身体；如果我还是乐意你，现在你也休想一脚踢开我，我不能让你睡在别个女人的怀里！"

这是从玫瑰一般可爱的嘴唇里吐出来的尖针似的话语。青年丙禁不住心头发抖。他的挑衅的眼光现在萎缩了，偷偷地从长眉毛间滑下去，经过了虽嗔犹媚的小口，弯弯的下颏，半袒露的白缎子似的胸颈，终于停留在薄纱衫下轻轻地跳动的一对小阜的尖顶。于是有别一滋味的颤抖蓦地兜上了心头。

"哎,何必多说这些废话呢?"

青年丙希求和解似的说,同时在心里打了个寒噤。他自恨这一次又被抓住了。他无论如何挣不脱身。他近来才意识到自己的脆弱:即使是已经彻骨地恨着眼前这个迷人的女子,却没有能力抵御她的魅惑。在背后时,他几次决意要丢开她,甚至不惜演悲剧;但是一见了面,他就只剩得"但愿她莫再来惹我"的苟安而惶恐的心情了。再经过几分钟,他又将无助地倒在她脚下,像一个可怜的俘虏。他现在唯一的遁路是不看见她。又有个渺茫的希望则是想从表妹那里得些力量;"该是表妹的圣洁的灵魂来将我拔出这可怖的烦恼罢?"他常常这么想。

"废话,我想来我应该多使用我的舌头才好呢。可是不许你多说话!我不是空话喂得饱的。我要实实在在的事儿!就是你第一次要求我的时候所说的实实在在的事儿。"

这尖媚的声浪打断了青年丙的怅惘的思索。女子一面说,一面微微笑着,用左手揽住了青年丙的肩胛,随即伸过猩红的小口去,在他颊上啄了几下。

大衣镜映出这一对偎倚着的人儿的面容是:男子脸上有"没奈何"的神气,女子嘴角浮着胜利的微笑。

"怎么你总是这几句话?"丙软弱地企图抗议了。"桂,这些话从你的嘴里说出来，多少总有点不相宜罢？"他慢慢地抚弄桂的头发，接下去说："你怨我变了心，你怨我没有从前那样的待你亲热，你甚至说我已经十分讨厌你；桂，你这些猜测究竟对不对，我不愿意多分辩，但是桂，你也得自己知道你近来确已变了，大大的变了。你是一天一天的肉感化，一天一天的现实化，一天一天的粗浅化，哎，桂，你是太快地进了平凡丑恶的散文时代了。"

回答是长声的荡人心魂的冶笑。

"男女间的关系应该是'诗样'的——'诗意'的；永久是空灵，神秘，合乎旋律，无伤风雅。这种细腻缠绵，诗样的感情，本来是女性的特有品。可是桂，不知你怎地丧失了这些美点了；你说你要'实实在在的事儿'，你这句话，把你自己装扮成十足的现实，丑恶，散文一样；——用正面字眼来说，就是淫荡……"

丙的议论不得不中途停止了。小小的清脆的"拍"的一声，报告桂的肥手掌正落在丙的嘴巴上，而且乘势握着那两片红唇，不让它们再鼓动了。丙似乎突然一惊，但随即坦然自若地把眼光斜到右边，看一下书桌上的玫瑰花；他心里盼望有一场恶闹——一场可使他们俩不能再晤见，不好意思再晤见的恶闹，同时却亦未始不感得温软的胸脯的熨贴又是难以割舍，徘徊在这矛盾的情绪间，他不敢正视桂，只偷偷地向大衣镜瞥了一眼。然而大衣镜中映出来桂的面容，并没生气；她反而得意地笑着，更紧紧地抱住了丙。她很妩媚然而又威严地说：

"不许你再开口了！为的你太会说谎。"

"什么谎？可是你也不能不承认你近来自己的变相！"

"你说的什么变相，我不承认。我只知道心里要什么，口里就说什么。你呢，嘴里歌颂什么诗样的男女关系，什么空灵，什么神秘，什么精神的爱，然而实际上你见了肉就醉，你颠狂于肉体，你喘息垂涎，像一条狗！我还记得，就同昨天的事一样，你曾经怎样崇拜我的乳房，大腿，我的肚皮！你的斯文，清高，优秀，都是你的假面具；你没有胆量显露你的本来面目，你还想教训我，你真不怕羞！"

又意外地笑了几声，桂突然将丙推在近旁的沙发上，自己就跨坐在他膝头。她的眉梢泛起了两片红晕，她的眼睛有些潮湿。这在平时往往会引起丙的兴奋，但现在则桂的一番话似乎很伤了他的自尊心，所以他身受着这样肉感的女性的爱抚，并不觉得愉快，反像是被侮辱了似的。他很想发作一下，然而没有足够的勇气；他只好委屈地忍受。

这种神情，自然躲不过桂的锐眼；她胜利地笑了起来，又轻声说：

"你们男子,把娇羞,幽娴,柔媚,诸如此类一派的话,奉承了女子,说这是妇人的美德,然而实在这是你们用的香饵;我们女子,天生的弱点是喜欢恭维,不知不觉吞了你们的香饵,便甘心受你们的宰割。在学校的时候,老师们也教导我们要知道娇羞,幽娴,柔媚,我崇拜这三座偶像,少说也有十年,直到两个月前才被你打破了!你……"

"我?我打破了你的?"

青年丙急口插进来分辩。他真心确信并没做过这样的事。桂俯下头去在丙的嘴唇上轻轻地咬了一口,同时长眉毛一挺,格格地艳笑着说:

"还不是你么?如果我那时不打破那三座偶像,我,一个体面人家的寡媳,怎么会倒在你——一个寄住在家里的少年的怀抱呀?你,聪明的人儿,引诱我的时候,惟恐我不淫荡,惟恐我怕羞,惟恐我有一些你们男子所称为妇人的美德;但是你,既然厌倦了我的时候,你又惟恐我不怕羞,不幽娴柔媚,惟恐我缠住了你不放手,你,刚才竟说我是淫荡了!不差,淫荡,我也承认,我也毫没羞怯;这都是你教给我的!你教我知道青春快乐的权利是神圣的,我已经遵从了你的教训;这已成为我的新偶像。在这新偶像还没破坏以前,我一定缠住了你,我永不放手!"

更没有回答了。和她的宣言一致,桂现在是取了更热烈的旋风似的动作，使青年丙完全软化，完全屈伏。

黑暗渐渐从房子的四角爬出来，大衣镜却还明晃晃地蹲着，照出桂的酡红的双颊耀着胜利之光，也照出丙的力疾喘气的微现苍白的嘴角。

三

电灯亮时，青年丙颓然躺在床上，光着眼看帐顶。苗条身材的女子已经去了，然而书桌角上，和玫瑰花并排地，还留有一方浅绿色的印花手帕，很骄蹇地躺在那里，似乎就是女主人的代表，又像是监视青年丙的坐探。

多色的轻烟和飘浮无定的金星，尚挂在青年丙眼前，像东洋式的烟火。他觉得身下的床架还是在渐渐地渐渐地向上浮；他又觉得软瘫无力的四肢还是沉浸在一种所谓晕眩的奇趣里。同时也有个半自觉的意念在他的甜醉的脑膜上掠过：比从前何如？近来他每次和桂有了沾染时，总忍不住要发生这个感想——妥当些说，是追问。他在晕眩的奇趣中也常常半意识地这样自问。然而每次都使他出惊的，是永不曾有过否定的消极的答案。他委实找不出理由来说今不如故；他不能不承认每次的经验都和第一度同样地酣美，同样地使他酥软，使他沉醉。所不同者，第一度时还有些新鲜的惊喜的探险的意味，因而增加了说不明白的神秘的美感。这在第二度时已经褪落至于几乎没有,现在则自然完全消失了。每次追想到这一点,他总不免有些惆怅;他称这第一度为"灵之颤动",称以后的为"肉的享宴"。

"再给我一次灵之颤动罢,——如果能够再有那样一次,够多么好!"

这样的话,青年丙也曾对桂说过。现在他已经企图要在表妹处觅取所谓"灵之颤动"了,但是间或想起了桂不无歉然的时候,他仍旧自以为假使桂能够给他"灵之颤动"像第一度那样,或者他未必"多此一举",再舍近而求远罢。

青年丙的眼光落在书桌角的玫瑰花上;一阵惶恐的情绪蓦地兜上心来了。玫瑰的蓓蕾好像就是表妹的笑靥;而花柄上的刺,也仿佛就是表妹笑中的讥讪。他赶快转过脸去,暗暗噫了口气。

"我的行为是不道德的么?"他忍不住自问。他的在此等时的第一念大都是属于桂,他觉得既然已经全心灵爱着表妹,就不应该再和桂有往来;仍旧接受桂,便是欺骗了桂。"以前的事,自可不论;但现在还和她沾染,至少是太欺负了她罢?"青年丙十分真诚地忏悔。此时他不但没有憎恨桂的意思,反倒可怜她了;他痛骂自己是堕落到极顶的懦夫,他承认自己的态度是两面欺骗。

他自暴自弃似地翻过身去,把脸孔对着墙壁。他的心头像是压着一块铅,他的眼眶有些红了。他痛苦地承认,像他这样的人，果然不配爱表妹，也不配被桂所爱。他认识了自己是如何的脆弱，没有向善的决心，也没有作恶的勇气。他直觉到自己将来的不可避免的失败；他恍惚看见表妹冷冷地掉头自去，他又看见桂怒容戟指向着他。

青年丙瞿然一跳，两眼睁得大大地，什么幻象都没有了。他慢慢地用手背来拭去了额上的几滴冷汗，较为镇静地反省着。暂时怔了半晌，空荡荡地毫无感念，然后他拾起了愁思的端绪。他从桂的"怒容戟指"想到了桂近来的情意以及他自己对于桂的态度。他在心里分辩说："从前爱她，现在不爱她，这在道德上成问题么？说是现在既不爱她，就不应该再和她有沾染么？不错！然而她自己要来苦苦地缠住我，又有什么办法？说我拥抱她的时候却在想念别人，便是欺骗的行为么？但是她却赖有此欺骗而感到快乐呢！如果能使人幸福，便是欺骗也该不算坏事罢？而况不是我居心要欺骗她。这是她迫得我不能不欺骗呀！"于是青年丙觉得眼前一亮，心头也轻松了许多。他翻过身去，突然那艳丽照眼的玫瑰花束又引起了他的不安；一大串问题像乱箭似的攒在他心头了："可是这岂非成了欺骗表妹么？这该不会使表妹也感到快乐罢？欺骗在桂那方面，即使不算是坏事，但在表妹这方面，至少不能算是好事罢？"于是他觉得已经损害了表妹的什么权利；似乎他从表妹那里偷了什么东西转给了桂了。

他反复自问,又自己作答;他刚以为自己的一切行动并没损害了谁,但转念一想又觉得这实在是主观的自解嘲,别人家决不会如此存想的。再过一会儿,他又勇敢地确信自己的不错,并且以为别人家的如何看法是大可不管了。他迷惘地机械地想着,尽绕着一正一反的圈子;直到后来不再能思索,只有"正""反"两个观念在脑膜上霍霍地闪烁。

忽然弹指声轻轻地从门上来了;轻轻地,然而像地震似的撼动人心。青年丙赶快跳起来开了门。门外是一片黑暗。对照着房里的光亮,使这门口宛如个无底的深洞。顾长的一个白的人形,直立在黑洞中央,凝然不动。青年丙惊愕了几秒钟,便悄悄地上前一步,牵引那白的人形从黑洞口到光线下。他的全身细胞都在快活地发跳,然而他的舌头蜷伏着不敢摇动;他疑惑只是一个快意的好梦。

默然相对了半晌,还是他先挣扎出一句话:

"桂奶奶!听候您的吩咐!"

回答是幽然的一声低叹;可是长眉毛梢也淡淡地引起了红晕了。

这都像电流那样快,那样有力,通过了青年丙的全躯壳,从脑海以至最渺小的脑神经纤维,都在发胀,都在戛戛地跳跃。他伸出左手去轻轻地围绕了她的腰;他畏怯地企图要使那软绵绵高突的只有一层轻纱罩护着的胸脯贴到他自己的心头；他的被醉意醺朦胧了的眼睛看见无数小金星从她的眉目间，鼻孔里，口辅边，乃至颈际发梢，泡沫似的浮出来，飞满了全房子。他又看见同样的泡沫在他自己身上迸射出来，也耀着金光。然后他又听得袅袅的管弦和锽锽的金鼓在不知什么地方响出来，也充满了全房子。

"生命的舞蹈呀！灵魂的舞蹈呀！"

在陶醉中，他这样想。然而他也没有忘却问一句要紧话：

"白天我已经失望了！你是那样的峻拒？"

"你怨不怨？"

"但现在是感多于怨了。"

他不知道怎样才能表示他的感激，他的愉快，他的兴奋：他发狂似的汲取感官的快乐。然后，在旋风样的官能刺激的顶点，他忽然像跌入了无底的深坑……

他惊跳着醒过来，第一眼便看见并排地蹲在书桌角的绿手帕和玫瑰花。他呆呆地望了半晌，然后低声嘘一口气。他想："便是好梦，也去得太匆匆！不可再得的灵之颤动只能在梦中再现了；然而梦亦去的太匆匆呀！"

梦中的诗样的情趣，金色的泡沫，全都消散了，只有灰暗沉重的现实，压在他心灵。

四

　　玫瑰花束已经萎了，绿手帕依旧并排地蹲在旁边。再过去是一封已经撕开了口的信，很局促沮丧地斜躺在左侧，似乎不曾受到任何样的欢迎。

　　房里没有人。太阳从西窗里进来，独自在花褥单上跳舞。

　　忽然房门轻轻地开了。青年丙昂起了头进来，颇有些自得的神气。他刚从一个朋友那边来，带的半天欢喜在心里。朋友是旧同学，现在正当"裘马轻肥"，对青年丙说了许多"借重"的话。论到用世的才调，青年丙是当仁不让的；现在他向大衣镜立正，对镜中人微微颔首一笑，便宛然是纵横捭阖，手挥目送的风云儿的姿势。他看着镜中人的挺得直直的胸膛，便想到朋友身上的斜皮带。他扭转身子向左向右顾盼了一会儿，他忍不住那踌躇满志的微笑浮上眉梢。

　　然而他的眉头倏地皱紧了。他看见那影子似的苗条女子的面容又出现在镜子里了。她，她又跟着钉着来了！青年丙盛气转过身去，斜眼睃了一下，摹仿他的朋友看勤务兵时的神气。

　　"爱，何必生气呢？也犯不着生气呀！"

　　意外地俏媚温柔的口吻使他脸上的皮不得不放松了一些些。虽然此时他有老朋友的一番"借重长才"的话头在心窝支撑，因而也就出奇地镇定些,但是惯了的惟恐又被抓住的畏怯,又已经像薄雾似的展布开来了。

"我是来请罪的。我今天想明白了。丙少爷,直到今天我才明白呢!"

接着是极妩媚地一笑。青年丙茫无头绪地看着她。

"昨天我说了些什么话呢?我真是发疯罢?那些话,都不是我应该说的。现在我明白过来了。我是个'未亡人',没有什么活人的快乐幸福可说的;可是,丙少爷,你给了我一个月光景的快乐。这大概已经是太多了。再不知足,再要钉住你,就是太不自量了罢?今天我是明白过来了。"

现在青年丙的脸纹完全展平了。一丝的惭愧,从他心深处摇曳而上,渐渐到了脑膜,可是未及在两颊上表白出来,就被老朋友的"借重"格住了,并且慢慢地被压了下去。

"哦,哦;那个——"

他只能含糊地回答;看着桂的发粉光的圆脸和乌溜溜的俏眼睛,便觉得更其迷惘,难置答词。同时,那种意外遇赦的惊喜交并的情绪,确也压住了他的舌头。

"所以今天我是来请罪。今天是最后一次到这房里。今天,再让我最后一次叫你丙;以后是——仍然是丙少爷了。我也希望最后一次听你叫我桂。"

声音是简直有点迷人了。过去的最珍贵的时间，突又复活在青年丙心上了。他又看见金色的泡沫从桂身上翻腾着飞出来，他又觉得自己全身的细胞都在跳动了。他蓦地绕住了桂的细腰，把嘴凑上她的。

"不，不；不能再这样了。已经太多了！"

桂扭转头去说，同时拨开了腰间的丙的手臂。

"这也是最后一次都不行么？"

青年丙颤着声问，依旧把手缠到那熟习的腰间去。他心里的感想很复杂，但没有一个浮现到他意识上，所以他只是单纯的跟着血的冲动。

"自然不行！"

"一次也不能再多么？"

"已经嫌太多时，便是半次也不行！况且，你如果想着了桌子上的玫瑰花是什么人的，那就知道半次的半次也不能再有了。你看，玫瑰花已经焦了；你不应该让它们枯死的呀！"

很敏捷地脱离了丙的扭缠，桂斜倚在门楣，把右手托住了下颏。她的胸脯微微波动，她的眼睛有些红，她的小嘴唇却变了白。这一切，青年丙都没注意到。他的眼光正跟着桂的话声转到书桌角，于是那个怪可怜相地躺着的信封映进了他的眼帘。他立刻认出这是表妹的信！他攫了过来时，看见封口已破，便不自觉地举眼望着桂一瞧。

"丙少爷,再会了。"

桂异样的笑了一笑,就和影子似的退出房外,随手将门带上。

一个感想霍霍地在丙心上闪动。他恍然于桂今天的态度转变的原因了;他断定是桂先拆开了他的信,他又断定是信中的消息使桂不得不放弃了死缠住的妄想。对于桂的竟去,他原有几分不舍,然而亦未始不感到释去重荷似的爽快。他微笑地抽出信纸来,看了两行,忽然脸色变了。信足很简短:

表哥:明天要跟父亲到北平去了。行色匆匆,不能面辞为歉。请你也不必来送。因为从此刻起,就有许多事要办,并且还有几处地方要去辞行。

表妹启。

信笺是掉落在地上了,青年丙呆坐在床上,痴痴地看着大镜子。镜子映出房门慢慢地开了一条缝,桂的恶意的但是迷人的笑脸,端端正正嵌在缝中间,对着床上瞧。青年丙像触电似的直跳起来,一步跳到门边,想捉住了这迷人的笑容。但是门已经关了,只有吃吃的艳笑声被关进在房里。这笑声像一条软皮鞭,一下一下的打在青年丙的心窝。他再不能支持了,脚下一挫,就让书桌抵住了背脊。

房门又意外的很快地开了。同时房里的电灯也亮了出来。桂庄严地站在门框中,电灯光落在她的头发上和嘴唇上,闪闪地耀着。

"什么时候也到北平去呢,丙少爷?"

回答是扑到门前抱住了她。这一回,她并没拒绝,只是屹然立着,脸上冷冷地没有一些表情。青年丙不觉嗒然垂下手去。

"散文该不再是你所希罕的罢?我也不想再演喜剧做丑角呢!"

随着这冷冷的声音,桂飘飘然去了。

青年丙懊丧地把两手掩了面孔。他不知道怎样才好,他觉得地板在他脚下摇动。然后,一个新理想撞上了他的心。他慢慢走到大衣镜前,立正,两眼疾向前一望,便很神气的举手到额角,行一个军礼。他似乎是第三者的评判人,对镜子里的自己微微一笑,"尚称满意"地点一下头。同时,从他的嘴角流出了下面的几个字:

"还不如到老同学处,'帮'他的"忙'罢;——那便是'史诗'的生活呢!"

1928年12月15日

(原载1928年12月《大江》第1年第3期)

色 盲

一

突然西方的天空腾起一片红霞,人们都浴在绛气中,似乎他们的素色衣裳也染成了浅绯色。

向晚的飘风,霍霍地吹弄着赵女士的月白色印度绸旗袍;她时时有意无意地用手去按抚,似乎恐怕那好事的晚风竟把钮扣都吹解。大概是站久了有些疲倦,她现在半扭着纤腰,头微向左倾,眼波注在地下;她的黑绒丝似的短发覆到眉尖,她的小嘴唇边绽着笑影:这就有一种幽怨妩媚的香味从她的庄严干练中透露。半晌,她抬起头来,左手掠着纷披的短发,温柔地慢慢地说:

"那些事,比做梦还奇怪;真叫人想不到。——啊哟!蕙芳在那里干什么?"

在她对面的西装少年转过脸去,看见靠近江岸的一株绿杨树上有一团浅紫色的东西在簌簌地动,他不禁急口地扬声叫起来,同时已经移动了脚步：

"密司李，掉下水去可不是玩的！我帮助你下来？"

杨树上传来一阵吃吃的艳笑声，随即是个娇小的人形在绿浪中剖出来，转瞬间已在地上，却又伛在那里不知做些什么，渐劲的晚风吹开了紫色旗袍的下缘，露出蜜色长统丝袜上的浅红色吊带。

"她比我还淘气些，"少年松了口气说，转过身来对赵女士笑了一笑，又拾起对话的端绪："人生原是个大梦。做梦也是好的，就可惜做梦的时候自己不知道是梦。"

"知道了是梦时，也还做下去呢不做下去？"

赵女士的声音很低，像是对自己说；她用左手轻轻地抚着左鬓角，凝眸遥望黄浦江那一面水天相接处像乱山似的紫色的云堆。

"那不是有点像龟山么，密司赵？"

西装少年追踪赵女士的眼光看过去，转换了谈话的方向。

回答是一个嫣然的微笑，去年今日的往事又像轻烟似的在赵女士脑膜上浮出来了；她很不愿意回想这些往事，她淡然相忘，亦既有半年多了，但今天听了林白霜——那西装少年的许多话，禁不住又回顾了。原来可说是"事不关己"，然而不知怎地，想到那些事情时，总有一种说不明白的烦躁把她压到透不过气来。

她疑问地对林白霜看了一眼,似乎想探索这位少年的炯炯的目光已否窥见她的心曲。他们的视线刚成了正接触,赵女士忽然心里一动,脸上泛了红晕,她立刻感得这样的杂念太可笑,正想用话来掩饰,猛然有个毛茸茸的东西碰到她的后颈上,把她吓了一跳。

"蕙芳你——"

赵女士急旋过身去,刚和李蕙芳贴胸地撞个正着。李女士憨笑了一声,侧着身体,左手揽住了赵女士的腰,右手向空一扬,便有个灰色的小东西扑索索地落在林白霜的肩上。

"亏你也曾革过命来!见了小麻雀,也要怕。"

李女士用手指搔着赵女士的面颊,带笑地说。林白霜已经把那可怜的小麻雀抓在手里,一面看,一面随便的问:

"就是那杨树上弄来的么?还不会飞呢?放了它罢?"

没等李女士回答,赵女士便从林白霜手里抢过那小麻雀来,往草地上一丢;那小东西怪样地拍着翅膀,很想就此高飞,然而只飞了两三尺远近,终于掉了下去。赵女士回过头来向李蕙芳睃了一眼,佯嗔地说:

"你才是革命家呢!你会革麻雀的命!蕙芳,再拿革命和我开玩笑,我是不依的呢!什么革命,谁革过命?几时见我革命?"

"不要发牢骚了,好姊姊。"蕙芳扭搭在赵女士臂上,玩皮地说。

"不是牢骚。我又不是下野放洋的伟人,有什么牢骚?"

"筠秋说的很对,"林白霜插进来说:"牢骚不是我们的事,只是愤慨,只是幻灭罢了。刚才我说,近来我感得人生异常虚空,也就是这个意义。我自然相信世上决没有翻天覆地那样的英雄,一般人眼中的英雄实在也不过是人类历史这大机械中的一个轮子罢了,可是我又感得自己的渺小,不但渺小,竟还是人类大机械中的一个不入流者;在现代人生这大机械中,我的地位,连一粒螺丝钉也不如,我只是一粒废铁,偶然落在这大机械中,在无数量的大轮小轴中间被搬动被轧轹罢了。"

林白霜不能自已地说了一大段。他并没留意到倚在赵女士肩头的李蕙芳正在演"双簧"似的摹仿他的说话的姿势。当他说到最后的一个"罢了",李女士蓦地把右手平举到下巴边,掌心向上,指尖对着林白霜,然后往前一送,夹着笑声喊道:

"罢了。这就是罢了论。"

这引得林白霜和赵筠秋都笑了出来。可是李女士反而收了笑容,学着林白霜的音调,严肃地加了一句:

"罢了,罢了;林白霜是罢了,人家却不肯罢休!"

"那自然是刮地皮的人。"

林白霜轻声说,同时噫了一口气。

"那自然不——但——是刮地皮的人，"李女士又笑了起来，"那自然——还——有——被刮的人，不但不肯罢休，竟还要算账呢。"

林白霜疑问地一笑，没有说话。

"听我哥哥说，这一向，他们付的垫款，少说也有四五千万；他说，这一笔账，一定要算的。他们不能把血汗资本随随便便就奉送了贪官污吏多弄几个姨……"李女士突然缩住话头，偷偷地向赵女士瞥了一眼。赵女士惘然望着一条出口的大轮船，似乎始终没有留意到林白霜他们的谈话。李女士抿嘴笑了一笑，转过口来接着说："不谈那些算账问题了。我们过去看那条轮船罢。倘使是江安，我的表哥便在船上。"

拉着赵女士的手，李蕙芳就往江岸跑，但轮船已经去远，只有烟囱上的一段黄色尚表示它确是招商局的船。其时烟囱里吐出一簇浓烟来，渐渐的似乎曳长了，拖在半空中，像是一条尾巴。江面也有一条尾巴，那是暗轮叶子激起的白沫，从轮船的屁股里拉出来。赵筠秋惘然看着，猛想起了远隔天南的孤独的母亲，不禁眼眶里有些潮润了。

李女士也浸入了深思中，然而是不同的性质；她的思想翩翩地正在轮船的周围飞翔。她最喜欢那海天空阔的生涯。每次她从家乡到上海来，便怨恨那甬兴轮船走得太快，只给她一夜又半日的海上经验。她忽然自己笑起来。回眸看着静静地站在旁边的林白霜说：

"林先生，你说什么事情顶有趣？我想来便是做一只大轮船的船主！你想想，他，不但，天天在海上，并且，——对不起，林先生，我又学你的调子了；并且，他有许多水手茶房受他的指挥，有许多客人仰仗他的能力，他就好像是一个总司令，一个国王，可不是？在船上，他是唯一的迭克推多①！"

说到最后的四个字，她突然拥抱了赵女士，格格的憨笑着。

"嘿！刚才你取笑人家革命，现在不打白招，要做迭克推多了！"

赵筠秋一面说，一面软软地推开了李蕙芳的臂膊；即使拥抱她的人也是个女子，她总觉得有点不自在。

"隔门，"李蕙芳学着赵筠秋的粤腔，便高声的笑起来，"我并没反对过呀！迭克推多，我只要做一只船上的。"

"等你做了船主时，密司李，我来当茶房罢。"

林白霜企图把话头岔开。

"如果收女茶房。我也来！"

赵筠秋却又逼进了一句。

---

① 迭克推多，英语Dictator的音译，独裁者之意。

这时草间忽然跳出个虾蟆,凸着眼睛对他们三个看。李蕙芳赶快拾起一片碎瓦,正想掷过去,那虾蟆一跳,便不见了,随手将瓦片丢开,她挺直了身体,慢慢地然而严肃地说:

"不要取笑。究竟不是上天成仙。明后年我可以去学航海,再过五六年,我父亲也许要办轮船公司,为什么我就不能做船长?野心,是应该有的。我的哥哥说,三四年前是在商言商,现在呢,政治的后台老板,我们要支配政权。为什么不应该呢?他们有的是钱!我现在只想做一个船主,为什么不应该?"

暂时的沉默。只有风吹弄着两位女士的衣服,霍霍地作响。李女士是三人中间最矮的一个,却是比较的最胖;圆圆的脸儿,小而圆的眼睛,微弯而不大浓的眉毛,猩红的笑口,丰满结实的身体,活泼的举动,虽然不及赵筠秋那样苗条妩媚,但是娇憨天真,似乎有一种特别令人目眩的光芒。现在她俨然地站着,婀娜中间带了刚健,更增加了几分摄人的魔力。

"密司李,佩服你的勇气!四五年以后的事,你那样的有把握!"

林白霜打破了静默。他立刻觉得自己的语气很像是嘲笑李女士的壮志,就急急地加上个申明:

"乐观是好的;这是强者的态度。我时常想摆脱我自己的灰色暗淡的人生观,不幸总是不成功。我看见理想的泡沫一个一个破灭,我像在巨浪中滚着,感觉到一种昏晕的苦闷。我对于将来的希望,就不敢说有把握。但是,密司李,刚才你这番话,确使我兴奋起来了。"

李蕙芳微微一笑,似乎是谦逊,又似乎是得意。忽然先前已经不见的癞虾蟆又在她脚边跳出来,正落在她的脚背上。李蕙芳本能地将腿一扬,那小东西便跌在五尺以外;它似乎很狼狈,却又扭转它的蹒跚的身体来对李蕙芳蹲着。这使得淘气的李女士忍不住不去追赶了。

林白霜目送她的活泼的背影,心里浮出个模糊的观念:"新兴资产阶级的女儿!"于是许多复杂的冥想同时奔凑到他的意识界,他忘记了自己在什么地方。但这个是极暂时的,他立即回到了现实,像梦醒似的忙向周围一瞥,却见赵筠秋的脉脉的眼波正在他脸上回荡。他全心灵一震,不自觉地向赵筠秋走进一步;许多话在他喉头抢着要出来,但不知道让哪一句先出来好。

有几秒钟光景,沉默占据了他们俩。

"林先生,记得你从前的调子不是现在那么样,"终于是赵女士先发言,"自然,从前我们并没有过长谈,可是你在讲台上的议论多么积极多么乐观的。"

"是么?"林白霜迷惘地回答,他的眼前就浮现出一个布制服的赵女士,向他举手敬礼的形象,然而像电光似的一闪,仍旧是温柔明艳的她。

似乎是觉着了林白霜的神情不属,赵筠秋低下眼波去微微一笑。

"因为现在是现在了。"林白霜较安详的接着说:"在巨浪中滚着的徘徊无定的心情,从前何尝没有;只不过被强猛的光线一般的环境所罩,仅能蛰伏在心的深处罢了。不但蛰伏,并且像是已经死了。然而一旦外力既去,它就很明白地显现出来,并且加倍有力,不但有力,并且又掺杂了苦闷颓丧的气味。现在我看见前面只是一片灰黑。自然我知道那灰黑里就有红黄白的色彩,很尖锐地对立着,然而映在我的眼前,只是灰黑。筠秋,最使我痛苦的,就是我这自己不愿意的精神上的色盲!"

"你大概也不看见前面有一线的光明?"

赵女士轻声问;那宛转的音调中充满了同情。

回答是黯然的点头。这是个无可奈何的点头,正好像是有良心的医生不得不直言病人已经无望时候的那个点头。

"所以你说生活是空虚么?你觉得广大的世间竟没有一处比较可喜的地方?"

赵女士再追进一句;她的迫切的语调中似乎带着颤音。这就像一股清泉,沃在林白霜的胀闷怄热的心头。

"应该是有的。"林白霜很鼓舞了,"远在千里,近在目前；"于是忽然一顿，他的眼光在赵女士脸上掠过，下一个模糊的结论："不可知的是运命。"

赵女士只淡淡地一笑；她转过头去，看见李蕙芳爬在远远的岸石上往水里瞧。暮色渐渐下来了，但尚能辨认出李女士手里拿的是一枝绿杨的柔条。

"李蕙芳的乐观，你觉得不能赞同么？"

赵女士随随便便的问，仍旧脸向着李女士那方，似乎十分有味地在观察，可是一种惴惴然盼切的神情也在她对于林白霜的偷偷一眄中尽情暴露了。然而林白霜全都没有留意到。

"如果能够照她的想望，那也何尝不好。就可惜人事的变幻，难以预料。"

林白霜毫不经意地回答。另一件事在他心上考量：他觉得赵筠秋是故意岔开话头，故意装作滑过了他那一句"近在目前"的意义双关的话。他微微感得了一点空虚。他正想再用别的话来叩询赵女士的心曲，可是李蕙芳跳跃着来了。她的弥满着青春活气的声音从苍茫的暮色中传过来：

"癞虾蟆已经投江。我们也回去罢！"

林白霜和赵筠秋都似乎出惊的回过头去。炮台湾车站上，电灯已经放光；他们来时的汽车就在车站左侧，汽车夫从车窗里伸出头来望着他们，大概等得很不耐烦了。

回去的路上，只有李女士很愉快的说笑。赵女士似乎很倦，林白霜颇有些懊丧的气色，好像做坏了一件什么事。车到了百老汇路，赵女士先下去，她微笑地向车里说：

"林先生，请你送蕙芳回家罢。时间很早，你们还可以去看戏。"

车里的林白霜心上一动，他望着赵筠秋的苗条的背影在一家大商店的玻璃窗前移过，终于隐没入那比较暗些的街角，便好像失去了什么宝贝，非常的怏怏。他低低嘘一口气，仰后靠着弹簧的车垫，闭了眼睛。汽车又开动了。在车身往前一曳似的震撼中，林白霜的肩膀碰着了一些温暖柔软的东西，同时有一股醉人的异香钻进了他的鼻孔。似乎这香味压迫着他的肺叶，他用力吸了一下。他忍不住斜过眼去看，恰好和那一对有精神的圆而小的眼睛相接触。李蕙芳正在用心地瞧他！

"密司李常常出来逛么？"

林白霜很不自然的说，企图解除这异样的带些窒息性的沉默。和青年女子独对，而且在一个汽车里，这在他还是第一次，虽然不至于手足无措，确有几分徬徨无主了。然而李蕙芳是扬扬自若。她笑了一笑说：

"林先生学校里的功课不忙么？"

"不忙，一星期三次课，有时一次也没有。"

"听筠秋说,去年你在武汉教书的时候,很忙。"

"那是情形不同。这里是教员多,学生少,并且学生又常常放教员的假。譬如下星期,我的课就放完了。"

李蕙芳笑了。她用右臂支着车门,扭了腰,斜靠在软垫的右角。更亲切地觑着林白霜。车厢顶的电灯放出淡黄色的晕状的光,把他们两个罩在神秘的波动中。

"听说去年武汉的学校里兴行一门恋爱哲学;真有这件事么?"

问这话时,李女士的态度非常严肃,连那常在的笑影也没有了。

"没有的事!"

林白霜急忙地下了个绝对的否认。

暂时都没有话。随后李女士忽然笑起来了。是那样的憨笑:林白霜看见紫色绸下那一对处女的乳峰也在轻轻地颤动。此时汽车转进了一条较僻静的马路,车外是一片灰黑,车厢顶的电灯也入睡似的昏暗起来。林白霜猛觉得毛发直竖。李蕙芳的笑声使他恐怖。他觉得那血红小口里的两排晶莹的牙齿仿佛会吃人,然而这些异样的情绪只有一刹那间的浮现,少女的暖香又将林白霜送进了陶醉的迷云。他的眼光注在李女士的丰满的胸脯上,他自己的脸孔便有些热烘烘了。

"没有么？但是人家都说有，总不至于全没影响。"

李蕙芳笑定了再问。

"的确没有。不信，可以问密司赵。"林白霜镇静地回答，"如果说那时的人有些恋爱狂，却也是事实。"

"听说是不和别人恋爱，便要受攻击；也是真的罢？"

林白霜微微颔首，心里纳罕着；但一转念，便以为这是少年女郎常有的好奇心，并不值得怎样的奇怪。

"筠秋被人家攻击过么？"

李蕙芳笑了一笑又问。

林白霜愕然。他实在不知道赵女士过去生涯的详情，他无从置喙。然而李蕙芳的一双小眼睛是那样的灼灼地瞧住了他，使他不能不含糊地回答：

"那个，并没听人说起过。"

"你们从前不是常常在一处么？"

"常常也不见得。实在那时很少见面谈话。"

林白霜淡淡的回答。他觉得有些窘了。他很想抛开这个怪难以作答的题目。并且他亦稍稍不满于李蕙芳这种好探人阴私的态度。他不让李蕙芳再有发问的时候，紧接着说：

"这半年来，我是十分有闲，去年今日便很不同。那时是紧张兴奋的时代。时局是一天一天在开展，几乎每小时有新的事变出来。各方面都需要更多的人手；是的，更多的精神和活动，去应付那一刻一刻在开展的局面。在这样的热空气中，只嫌太阳跑的太快！密司李，你看现在就不同了。虽然依旧是多事之秋，但空气是不热。我时常感得荒凉，感得虚空寂寞。"

他突然煞住了话头。感情将他带走得太远，他猛觉得心里一阵悲酸。像一个受了委屈的小孩子，他现在的渴望是一双温柔的抚慰的手。他对李蕙芳的圆脸瞥了一眼，便垂下头，低声嘘一口气，将左手支住了前额。

"哦，空气不热……现在不同……荒凉，虚空，寂寞。"

李蕙芳低声沉吟着。于是怀疑的冷笑在她嘴角一闪。蓦地她又提高了声音说：

"果然这里是上海，不是武汉，但现在你重新逢到了曾经同在热空气中过活来的同伴，至少也可以医好你的荒凉虚空寂寞罢！"

沉溺在幻灭中的林白霜好像是把头微微点了一下，但没有回答。

汽车夫突然将喇叭捏得怪响，车又转了弯，前面又是灯火辉煌的闹街。林白霜猛抬起头，慌张地四顾，似乎刚从睡梦中醒过来。

"右首的大洋房就是我的家。"

李蕙芳脸上颇有几分和谁呕气的神气,然而还是笑吟吟地说。

二

已经是两星期以后了。林白霜坐在书桌前准备答复一封信。

自来水笔拈在手里,他尽管对着面前的还是空白的信笺出神。他的眉头微微皱锁,他的嘴唇角却浮着笑影。太阳光从东窗进来,被镂空细花的纱窗帘筛成了斑驳的淡黄和灰黑的混合品,落在林白霜的前额,就好像是些神秘的文字。

书桌上杂乱地堆着几本硬面的西文书,和花花绿绿封面的杂志,还有几张请客柬和一些写了几行字的原稿纸。而在这一切之上,高高地踞着,像是女王头上的宝冕的,是秀媚笔迹的一张浅紫色的信笺。

这就是林白霜正要答复的来信。虽然只是短短的一封信,但是林白霜的踌躇深思的神情也就说明了这短短的一张纸却有不很短的背景。

放下了自来水笔,仰起头来松一口气,林白霜的眼光就落在那浅紫色的信笺上。信里的字句,他几乎可以背诵,原也不过是平常酬答的话语,并没有什么难以解决的问题值得那样的煞费推敲,但因这已是第十封信,所以林白霜觉得应该有一个不寻常的深刻的答复。他闭了眼睛,回忆十多天来衔接着往返的九次通讯。从客客气气的"请林先生指教",到"谭谭自己的感想",每次表示着深一层的感情上的接近。而况还有两三次晤谈的欢洽。

林白霜微微一笑,嘴角边现出两个酒涡。他拿起自来水笔,在空白的信笺上写了"蕙芳"二字,忽然在他眼前,浮出个颀长细腰的倩影,一副略带幽怨气分显露出胸中的委屈的眉目。林白霜手里的笔,不知不觉就停下来了。一个细小的声音在他的心里响:"她不是更可爱么?而且她的性格不是你所更了解么?"像是回答这隐秘的呼声,林白霜的头点了一下。更可爱,更了解,他不否认。然而近来是和她更疏远这事实,也不能抹煞。他放下笔,站起来,在房里踱着;他搜求那日渐疏远的原因。于是活泼的圆脸,娇憨的笑声,滔滔不绝的大胆的话语,又一齐奔凑到他面前,包围了他;并且恍惚还嗅到了醉人的暖香,最后显现在他幻觉上的,是燕子似的连翩飞来的九封信。

"因为这一个是活泼,容易和你亲热,所以弄成了反倒疏远着那一个么?"

这样的自问着,林白霜忍不住苦笑了。写回信的意思,暂时被搁起来,他忙着比较这两个意中人了。一星期来,他颇为这件事所窘。虽然他热心地和李蕙芳通讯,但是每次写信时,总想到了赵筠秋。最初,不知道根据了什么理由——大概因为是相识已久罢，他认为赵筠秋对他有特殊的感情，所以他用了"友谊何尝不可"的解辩鼓励着自己和李蕙芳通信。但当来信既多且密以后，他就有些迷惑了，他觉得李蕙芳对于他似乎也不是泛泛的。有时想到赵筠秋的竟没有信来，仿佛是对他表示"谢绝"的意思，可是一转念，便又以为这是赵筠秋的孤僻的性格原来如此。她是静默的，她是理性的，她是属于旧时代的蕴藏深情而不肯轻易流露的那一类人物。

"是的，她是封建社会之附庸的官僚阶级的叛逆的女儿！"

林白霜很肯定地对自己说，回到书桌前的椅子里。社会科学的理论在他的脑筋里开始活动了。他想到赵筠秋的家世，一幅官僚家庭的黑暗而冷酷的活动影片便呈现在眼前；他仿佛看见赵筠秋孤立在一些宠妾和悍婢的四面围攻中，常常忍住了眼泪，不肯示弱；他又仿佛看见孤灯独坐的赵筠秋想起了被摈弃在寂寞的家园的母亲，便诅咒她的恶浊的家庭，她的腐化的父亲，诅咒封建社会的一切制度和习惯。

林白霜脸上的肌肉忽然缩紧了，血冲上他的眼，"兴奋"凝成了块，在他胸中奔突；他猛然尖厉的喊起来：

"呵！这就是孤臣孽子所以能够锻炼出坚毅卓拔的气魄来！这就是恶浊腐败的废墟里会爆出革命的火花来！这就是去年的她所以要脱下了绣衣换穿灰布的制服呀！"

现在林白霜的热情完全向着赵筠秋这边了。他坚决地拿起笔来就在那张等候已久的信笺上飕飕地写下去，仍旧给一个不过友谊的酬答。

当他折叠好信笺，纳入封套的时候，李蕙芳的影子又忽然在他心头一闪。但是不相干。他一面写信封，一面更深湛地想：

"自然李蕙芳也不是浅浅者。性格是活泼的，勇气是有的，野心而且乐观；但好像初生之犊不畏虎，因为她是未经艰苦罢了。因为她是新兴资产阶级的女儿。"

这样的论定了她们两个，林白霜随手把写好的信撩在一边，很安闲地向桌上瞥了一眼。他这才注意到两星期来不知不觉已经压积着许多事了。"无非为了忙着恋爱！"他轻轻地自己责备。同时也便起了幸而已告一段落的快感，他敏捷地从桌上的乱纸堆中检出一张未完的文稿，低了头就写。

三

还没有写满一张原稿纸，就有人闯进林白霜的房间；劈头一句话是：

"杨秘书长请客，你不去么？"

林白霜听口音知道是同事的何教官，只把身子略动了一下，手里依然在写。随随便便回答了一句：

"还没到时间罢？"

"时间是快到了罢？我是因为感冒还没有好，本来打算不去的。"

何教官一面说，一面就坐在书桌横头的一个椅子里，随手拿起一本杂志来乱翻；他的猫脸上的一对圆眼睛骨碌骨碌地从杂志上移到书桌，又从书桌上回来。

"那么我也不去了。应该是上星期交卷的一篇文章，到现在还没有做好。"

林白霜说；放下笔，伸了个懒腰。

一个笑容偷上了何教官的脸；只能说是偷笑，因为在他那样猫儿脸的口吻边，正确意义的笑是没有的。他用半只眼睛觑着杂乱的书堆上的那张浅紫色信笺，轻声说：

"所以近来有人说你浪漫了，颓废了。"

林白霜的肩膀一耸，似乎对于这个批评很不屑置辩。但是何教官那猫脸上的嘴角皮又是代替笑似的一皱，接下去说：

"我觉得你近来很消极；是不是？前天我们谈论济南惨案将来的结果，你的议论就是十二分的消极。我们讲到国际政治的推移，你又说你只见一片昏黑，你成了精神上的色盲。老林，究竟你自己是否知道你这苦闷的原因？"

这几句简短的话，是用了强烈的同情的声浪说出来的，所以林白霜感觉得异样的亲切，然而也是更加引起了他的怅惘，近来他听见了许多关于他的批评和疑问，从朋友的口以及朋友的朋友。对于那些说他是落伍，是动摇，是软化一类的厉声斥责，他只用微笑去接受；微笑的用法有多种；他在此等时所用的是带有怜悯意义的一种，他可怜那些厉声责人的勇士们竟用了从前别人骂过他们的话语来骂人，他更可怜他们在不久的将来大概又要用现在骂人的话来恭维自己了。他很知道这一班勇士是在那里购买"将来社会"的彩票，他们自信此项彩票在三年内一定要开彩，所以拼命地想做一个捷足先得的英雄，一旦不如他们所预期时，他们的懊丧软化的丑态便有他们过去的行为可以作证，他们实在只是一些太热中的自私的可怜虫！然而对于同情的质问像何教官的那一番话，林白霜于铭谢之余，便又感得了无穷的怅惘。

他暂时没有回答，两只眼定定地瞧着这位朋友的猫脸。他有一句话在心头回旋，但是不肯说出来，他知道猫脸的热心朋友一定不了解。

"我代你说出来罢。你的苦闷的原因是恋爱！"

猫脸朋友得意地笑着说，眼光向书桌上的浅紫色信笺一掠。

似乎很觉得意外，林白霜的浓眉毛轻轻的动了一动，接着便笑起来了。

"要恋爱便去恋爱；和一个碰到手头的女子恋爱，可以；特地去找一个，也可以，只是不要苦闷，——又何必苦闷呢！"

何教官补足了他的意见，他的猫脸上到底露出很纯正的笑容来了。同时他抡开右手的五个指头很神气地向空间作了个捞捕的姿势，很像已经抓进了一个碰在手边的女子。

"我不能不说你的论断不合实际。"

"谁的实际？"

猫脸朋友紧追进来问。

"自然是我的实际。我承认，我方有事于恋爱，但是并非为了恋爱而苦闷，却是为了苦闷，然后去找恋爱。"

"但是找得了恋爱，又有苦闷？"

猫脸朋友再逼紧一句。

"还是不对。老实说罢，我的苦闷是一种昏晕状态的苦闷。我在时代的巨浪中滚着，我看见四面都是一片灰黑，我辨不出自己的方向；我疲倦了，我不愿意再跟着滚或是被冲激着滚了，我希望休息，我要个躲避的地方，我盼望那浩淼无边的黑涛中涌出个绿色的小岛，让我去休息一下，恋爱就是绿色的小岛。"

这最后的一句，林白霜是用了虔信的口吻说着，那态度是异常的庄严，所以何教官虽然觉得好笑，却也没有笑。然而他忍不住掷过一句半讥诮的话来：

"这是你的恋爱救命论了。"

林白霜的嘴角皮动了一下，似乎表示不能接受这样尖刻的讥讽。

　　"还不是恋爱救命论么？你说你在时代的巨浪中滚得昏晕了，因此恋爱的绿岛便是你的救命的绿岛！"

　　何教官用了"力争决议"的态度很高声地说。所以林白霜也不能不抗议了。先前堵在他喉头而未曾说出来的话，现在是再捺不住了：

　　"猫兄，我们还是回到苦闷的原因这个根本问题罢。我说我看出来是一片灰黑，我并没说因为我悲观，所以只看见灰黑。——慢着，等我说完了你再来驳罢。——我明明知道在这世间，尖锐地对立着一些鲜明的色彩。我能够很没有错误地指出谁是红的，谁是黄的，谁是白的。但是就整个的世间来看时，我就只看见一片灰黑。我自己也不知道是什么原故会有这样的病态。我只能称为自己精神上的色盲。这里就伏着我的苦闷的根源！"

　　他顿了一下，仰起头来闭了眼；他恍惚觉得自己站在半空中看见那老地球蹒跚地滚着，它的脸上的伤瘢分涂了红黄白的色彩，忽然愈滚愈快，一切色彩便混成一片灰黑。林白霜嘘一口气，接着说下去：

　　"还是一片灰黑，从静的分析的立场看，是完全不同的三种色彩；从动的综合的立场看，就成为一片灰黑。哎！我不知道是怎么的一回事？有时闷极了，也曾这样想过来：什么都好，只不要灰黑。刚才你不是说我很消极的样子么？不是消极，我只想歇一歇。我觉得我的色盲也许是因为谛视人生太久的缘故，正好像对太阳看久了就一定会眼前昏黑。因此我近来只想有什么绿的小岛去躲避一下。我想借此得个暂时的慰安，免得闷急了要自杀。"

林白霜愉快地笑了一笑，走到窗前行了次深呼吸，外边是耀眼的阳光，夹着热蓬蓬的南风。这在正想寻求绿色的清凉的林白霜也似乎难堪，随手把百叶窗关上。房里骤然阴暗了许多，坐在窗前墙角的何教官便化成了白茫茫的一堆。

"就照你的说法，也还是恋爱救命论！"

何教官固执地说，站起来一伸手便将百叶窗推开，又加上一句：

"你有了恋爱，便连光明也不要了么？"

"相反的，有了光明便可以不要恋爱。"

"那简直是醇酒妇人的观念，不是颓废是什么？"

何教官大声说，仍旧回到原来的椅子里。他的猫脸上斗然透出一股"大不以为然"的气味来。他看着林白霜的面孔，等候回答；而在既已得了仅仅一个微笑的答复后，他又郑重地说：

"老林，你的恋爱观都是错误的。你应该接受我的恋爱观：

见着要爱就尽管去爱，爱不到的时候就丢开，爱过了不再爱时也就拉倒。恋爱只是这么一回事，既然说不上什么救命，也不是让你躲避着去休息的绿岛。"

林白霜睁大了惊异的眼睛看着这位猫脸朋友的说话像铅块似的一句一句落下来。自然他不能且不愿赞成这样类乎颓废派的见解，但是他亦无法摆脱这些句子投射到他心上的影响；他暂时惘然看着空间，没有回答。

"你大概以为我的议论就是颓废就是浪漫？不是的。这是新写实主义。浪漫主义把恋爱当作神秘的圣殿，颓废主义又以为是消忧遣愁的法宝。这都是错误的，恋爱只是恋爱。犹之乎打球只是打球。"

似乎看到了林白霜心里的非议，何教官又加以说明了；他的神气就很像是一位研究恋爱哲学的专家。

但是这些议论，林白霜只听了一半进去。在他的幻觉的眼前，并排地站着一长一短的两个女子。都用了疑问的眼光对着他看。

"那么你有没有选择？"

林白霜像是刚从梦中醒过来，突然发了这个迷离恍惚的问句。

没有回答。只有何教官的两颗圆眼睛灼灼地瞧着林白霜的脸。

"譬如说，你同时碰着两个可以爱的女子，你怎么办呢？"

林白霜镇静地补足了他的意思。

"自然爱那个更可爱的。"

"如果你觉得一样的可爱呢？如果，譬如说一个是活泼的，热情的，肉感的，知道如何引你去爱她，而又一个是温柔的，理性的，灵感的，知道如何来爱你。那么，你怎样办呢？"

"两个同时都爱！"

林白霜忍不住笑起来了。他又问：

"同时两个都爱却又不可能——"

"那就先爱了一个，然后再爱另一个。"

这是抢着说出来的回答。

林白霜眉毛一挺，异样的笑了一笑；他不料男女关系的最原始的形式到现在又成为新主义新学说了。他觉得这样的事太滑稽。但是何教官的猫脸上却是板板地没有一条皱纹，那种严肃的态度就宛然是在课堂上回答学生的疑问。

忽然房门口传来了一声："报告。"林白霜回过头去，看见当差的拿了一张小纸直挺挺地站在门外。当那张纸递上来时，林白霜瞥了一眼，心里就是一跳。这小小的会客单的"来客姓名"项下写着更小的"赵筠秋"三字，映在此时的林白霜的眼中却比学校的招牌字还要大。

"你有客么？一定是女客！请不要忘了我的恋爱论，再见罢。"

猫脸的何教官说着就走了。林白霜惘然看着手里的会客单，刹那间起了无数杂乱的感想；然后轻轻地笑了一声，赶快穿好衣服，拿了帽子，又把写好给李蕙芳的那封信藏在衣袋里，就向会客室跑。

刚把会客室的门拉开，林白霜陡然变了脸色。抛过一个浅笑来欢迎他的，不是赵筠秋，却是李蕙芳。

"来得不巧罢？我看见你的神气有些异样。"

李蕙芳睃了林白霜一眼，淡淡的说。

"笑话。没有什么事，没有什么事，不过我记得会客单上的名字好像是赵筠秋罢？"

林白霜急口的分辩着，一面用右手在衣袋里掏摸那张会客单。

"她也来看你么？那么，你是走错了会客室了！"

李蕙芳格格地笑着说。她将两手互挽，衬在后颈上，优闲地旋转着身体，然后坐在一张椅子里，眼睛钉住了林白霜，又加一句：

"请不要客气，先去找她一下罢。"

林白霜已经将会客单摸出来；仔细一看，分明写着"赵筠秋"，但是李蕙芳的笔迹。他料到是李蕙芳又在淘气了，微微一笑，就在李蕙芳对面坐下。

"告诉你实话罢。筠秋在月宫饭店等着,我是奉迎你的专使。摩托卡在外边。赶快走罢!"

李蕙芳说得很认真,林白霜也不能不相信,虽然事情是太兀突可怪。他很想先晓得是什么事,但是李蕙芳已经站了起来,催他快走。

在路上,李蕙芳是破例的少说话。她缩在车角里,一对乌溜溜的眼睛闪闪地向四处瞧,很像有了什么大问题在心上。林白霜几次把谈话转到赵筠秋等候在月宫饭店有什么事的问题,都被李蕙芳一个微笑岔开了,林白霜狐疑地看着李蕙芳的圆面孔,红嘴唇,白手膊,忽然想起何教官的高论来,随即又被"在月宫什么事"这疑问吹断了。他想象着赵筠秋一定有什么要紧的事,或许是家庭中出了什么变故;但是为什么又请了李蕙芳做中间人呢?他简直迷乱了,他猜不透。他机械地斜过眼去看李蕙芳。多么鲜艳的服装啊!银红色的旗袍,长仅及膝弯;鹅黄色的丝袜里饱涨着肉红色的肥腿;而在活泼的圆脸上是一顶雪白的上等草帽。哎!红的黄的白的!像有一个轮子在林白霜脑壳里滚动,他的眼睛忽然昏眊了,他看见李蕙芳从腰部折过来,成为一个球,带着三个颜色喘着气。

林白霜举起手来在眼皮上用力揉着,幻象没有了,却见李蕙芳抿着嘴笑。忽然她的身体摇侧过来,一条肥白的手臂就按在林白霜肩头了。一种熟习的香气就灌满了林白霜的头脑。

这个时候，车身突然一震；林白霜惊觉似的望外看，正当车窗外有一对美丽的装玻璃的大门像是往后倒退一般晃了一下，就立住了，李蕙芳已经把车门推开，将她的肥身体往外挤。

林白霜跟着下了车，又跟着上了二楼，跟着进了一间餐室。他向空荡荡的四壁瞥了一眼，轻声的似乎对自己说：

"原来赵筠秋还没来呢！"

"你如果要她来，不妨写个请客条去试试看。"

李蕙芳这一句淡淡的话，将林白霜怔住了。他看着她的面孔，不知道怎样回答才好。他觉得这位娇憨女郎做的事太不可测。

"再对你老实说罢。今天是我请客。本来约筠秋来的，可是她知道有你在，便推托身子不好，无论如何不肯来了。是什么道理，大概你心里明白。——时间已经快十二点，就叫菜罢。"

李蕙芳接着很快的说，就像一阵急雨打在林白霜脸上。

林白霜觉得背脊上冰冷了。他勉强笑了一笑，随随便便向李蕙芳递到他面前的菜单看了一眼，很不自然地说：

"就是公司菜罢。酒是长久不喝了，因为身体不好。"

他很想问为什么有了他在坐，赵筠秋就不肯来；他很想知道是什么地方开罪了赵筠秋；但是再思的结果，便决定不问了。他勉强镇定着，搜索出一些话来和眼前的女主人酬答。

在还算活泼的对话中，把一顿饭吃完。最后是咖啡上来了。

因为喝了两杯香槟，李蕙芳的脸上微现红光，很有劲地谈着她自己家里的事。她又提起要做船长的话儿。她看定了林白霜的面孔说：

"虽然女子也可以做官，我还是只想当船长。文明国的官，只是个傀儡，一举一动都听后台老板的指挥。美国的大总统也不过是几个大银行家的公用傀儡——记得你也说过这样的话。我不喜欢做傀儡，我要做傀儡的牵线人。"

"然而在中国，官还是有无上威权的呢！"

林白霜啜着咖啡，慢慢地加进了一个插句。

"然而在中国，官快要没有无上威权的呢！"

李蕙芳学了林白霜的语调憨笑着说。她仰起了面孔，把后颈枕着坐椅靠背的上端，这就把胸部的曲线拉平了几许，可是两粒钮子一样的东西却在银红色的薄绸底下高了出来。

"你就拿得那么稳？"

林白霜软软地反驳着，很异样地把头一偏；这是他表示温情的抗议时常有的姿势。

"你就那么的拿不稳？"

李蕙芳又学着林白霜的口吻，格格地笑了。突然一个摇晃，身体失了平衡，她的肩膀一歪，便从椅子里磕下来，几乎撞在林白霜身上，同时那一股惹人的香味直钻进林白霜的鼻子。把他的血都冲到了面部。强烈的冲动迷住了他了，他不知不觉伸出手去搀住了李蕙芳的臂膊。李蕙芳一笑，很自然地从林白霜的手掌中滑出那条被握着的小臂来，便在近旁的一张椅子上坐了。

忽然静默起来，两个人都没有话。

林白霜觉得手指上还留着滑腻的感觉，心却渐渐地跳得快了。在初进这间餐室的时候，他对于这位颇有点骄蹇放浪的女郎，尚存着"不敢亲近"的意思，现在却不然了；他完全迷住了，说得确实些，他是完全被抓住了。这一种"被抓住"的感觉，他在游吴淞那天送李蕙芳回家的汽车中曾经有过片刻的经验，以后他们俩接近的时候，亦常常触发，然而每次他都能安然出险；现在则他不能脱逃，无法脱逃，且亦不愿脱逃。

他贪婪地看着李蕙芳的白手臂，丰满的胸脯，猩红的小嘴唇，肥硕的腿。

"你知道筠秋近来的事么？"

李蕙芳似有所感的轻声地打破了粉霞样的沉寂。

林白霜下意识地摇着头，可是心里不禁怦然一动了。

"何必骗我呢？你是一定知道的很明白！"

李蕙芳娇声说。她的眼睛很慢的转动了一下，似乎很不高兴的样子。

"当真完全不知道。两星期来，没有通过信，也没有见过面。"

这样急忙的自白，使得李蕙芳笑起来了。她忽然转了口：

"那么，你还是不闻不问为妙，永远不知道更好！"

林白霜张大了嘴，无从回答。这一句突兀的话将他拔出了迷惘陶醉的云雾，回到清醒的他了。一种富有强烈的粘着性的挂念的心情逼迫他一定要问个水落石出。他毫无瞻顾地钉住了说：

"如果你觉得告诉了我是和赵筠秋无碍，还是请你直说罢！"

李蕙芳似乎很出惊。她对林白霜看了好一刻工夫，方才淡淡地说：

"事体呢，你是一定知道的。不过既然你要听，我就说一遍罢。筠秋的父亲替筠秋定了亲了。是一个军官。当然这有作用，至少也是'纳交权门'的一种手段。旧官僚想要再上台，简直是无论什么手段都会用出来的！"

"筠秋的意思怎样？"

林白霜睁大了眼睛迫切地追问。

"自然说不上愿意，可是她也没有办法；——你想，有什么办法？"

李蕙芳还是轻描淡写地说。

没有回答。林白霜只吁了一声，眼睛定定地望着空间。他这种干着急的神气，似乎颇使李蕙芳起了不忍之心，虽然同时亦不免微有妒意。她笑了一笑，轻轻地又接着说：

"现在她想用消极抵抗手段。她说是终身不嫁，她已经对她父亲宣言：宁死，终身不嫁，她现在是天天说抱独身主义；她连男朋友都断绝了往来了。难道你完全不知道？"

林白霜再摇了一下头，没有说话。这个突如其来的事件将他压扁了。只有一句话在他心里乱转："因此她长久不理我么？她因此长久不理我呀！"

"真不料赵筠秋是这样的懦弱！"

李蕙芳慨叹似的说。

"当真没有第二条出路么？她可以——反抗！"

林白霜突然振作起来，但不知道是太激昂的缘故呢抑是为了悲哀，他说这话时的声音却有些颤抖了。

"我也这样说过。但是她不肯听。她说，男人都是靠不住的；如果反抗出来却仍旧是遇人不淑，那就更糟。她不肯落人话柄，受人非笑。男子都靠不住。林先生，你是她的旧交，你总该明白这句话有什么背景罢！"

李蕙芳向林白霜睒了一眼，嘴角边偷上一个疑问的浅笑。

那天游了吴淞回去时在汽车中李蕙芳探询赵筠秋在武汉时有无浪漫历史的往事，倏又浮上林白霜的记忆了，他觉得像有一块冰，塞在胸口，骤然全身的血液都冻结了。

在悲哀的迷惘中，林白霜似乎听得李蕙芳轻轻叹了口气。

"我们走罢。今天我的任务是完了。"

又是一句奇突的话。这也像一支尖针在林白霜的意识上猛刺一下。他慌慌张张抬起头来，看着李蕙芳的面孔，似乎说："我不懂你这句话。"

李蕙芳笑了一笑，伸手去按壁上的电铃纽，加着说：

"不是么？刚才我对你说，我是奉迎你的专使，我想我向来的作用亦不过是你们中间的一个陪客，免得赵府上的姨太太滥造些谣言来中伤筠秋罢了。但是现在是什么都完了。所以我的任务也是从此完了。"

她又笑了一笑，便从手提袋内取出钱来预备付账。

"只是你自以为是陪客——"

林白霜惴惴不安地吐露出这样的半句话，就被进来的茶房打断了。李蕙芳十分不相信似地对他望了一眼，便转过身去接取茶房手里的账单。

四

傍晚时分，天空密布着浓云，闪电像毒蛇吐舌似的时时划破了长空的阴霾。林白霜呆坐在外滩公园靠浦边的一株榆树下。在他眼前，展布着黄浦的浊浪；在他头上，树叶索索地作声像是鬼爬；在他心里，沸腾着一种不知是什么味儿的感想。

他这样坐着，至少也有半点钟了；但在此时的他，半点钟只等于一刹那。从今天一天内所遇到的小小的波折，他想到了过去几千年来人类历史的变幻，又想到了将来数十年内大概会发生的变化。他失望，他又看见希望的微光在面前闪耀。

"这一边大概是绝望了。虽然她呼吸过现代的思潮，有些反抗的精神，但是一旦事急，她却仍旧用了古老的旧方法——不嫁。明明有一条路摆在那里，然而又怕出了冷酷的囚笼却坠入龌龊的市场，她怕自己找的那一个也还是不淑，她的无谓的傲气不肯使自己的奋斗反抗的结果回过来又落人讥笑。这结果是只有一动不动的终身不嫁了！"

想到这里，林白霜忽然觉得赵筠秋可恨；恨她的思想不彻底，恨她的心气太高傲，恨她的顾虑太周到，恨她的把世上男子都看成坏人，恨她的屡经风浪只造成了多疑而畏葸的消极的品性。

然而，恨以外，又似乎掺杂些别样气味的情绪。他仿佛跌入一个深黑的土坑，感到了腐朽的窒息样的昏迷。他的心只是愈来愈重的往下沉。他盼望宁可一个天崩地塌的大变动将他活埋在土里。

蓦地一片飓风吹出了悲壮的笳声，闪电就像个大天幕似的往下一落，照得四处通明；跟着就是豁剌剌地一个响雷。粗大的雨点打在树叶子上，错落地可以数得清。林白霜并没动，他只睁大了眼睛向四面扫视。无名地怅惘逃走了，新精神在他的血管里蠢动。

"丢开这边，努力进行那一边罢！这是自然的选择呢！"

他火刺刺地想；于是许多能够提神的好名词，活泼，胆大，乐观，刚毅，便同时涌上来了。树上的雨声现在是愈来愈密了，林白霜的冥想的机械也开足了速力走。他把一切希望，一切快乐，一切幸福，都预许给自己。然而，克勒——他的太走快了的冥想忽然触了礁。今天午餐后和李蕙芳分手时的一件小事揉进了他的乐观的眼睛，使他陡然觉得前途又朦胧了。李蕙芳那句令人不可捉摸的话很刺耳地又在那里响了：

"这就是我做中间人的酬劳罢！"

这一句话是在林白霜将早晨写好而未寄的复信递给李蕙芳并且开消了汽车费的时候从李蕙芳的微笑的嘴唇中吐出来的，所以林白霜不很明白究竟是指复信呢抑是指汽车费；他只觉得这句话就好像是一道壕沟，将他和李蕙芳隔开了。本来想约她再到别处去逛逛的意思，也因此缩住，他一个人在街头踯躅，后来顺步到了外滩公园；他的惘然深思的神情引起了许多人的注目，他不得不从热闹的喷水池边逃避到这株僻静的榆树下。

现在他悲哀地感到两边都无望了。他理想中的"绿色小岛",虽然曾在黑浪中涌现出来,但一个既已被罡风吹沉,另一个却像"海上三神山",只是可望而不可即了。

雨,不知在什么时候停止了;闪电尚时一照耀,然而很温和地,像是微笑。在这些间续的探海灯光似的一瞥中,林白霜的迷惘的眼前便呈现了一段渐转淡蓝色的长空和簸荡在波浪上的几个小划子。那边音乐亭中又奏起进行曲来了。喇叭吹出嘹亮的音符一个个飞来撞着林白霜的耳膜。这幽丽的环境的魅力渐渐地将林白霜僵化为无情绪无感想。他本能地接收所有一切的遇目成色入耳成声的印象。他变为看的机械,听的机械了。

一对西洋男女挽臂款步从榆树后转过来。大约是不提防树根上还有人蹲着,那个女的,忽然惊叫起来,倒退了一步。但当认明白不过是一位黄皮肤的青年时,这一对儿相视而笑,很轻蔑地向林白霜瞥了一眼,又款款的去了。林白霜从"禅定"似的情况中跳醒来,全意识接下这个无声的侮辱,便从眉梢热到耳根,一句烂熟的话在他心里响:

"打倒帝国主义!"

于是满腔的愁怨,同时迸发,都集注在这个该诅咒的名词上去了。林白霜猛然跳起来,逃一般地走出了公园;心里想:

"恋爱,恋爱!你只是浮生一日闲中休憩的小岛,不是人生的大目标!小岛,小岛!从今后,我不再费时失业地苦苦找了。

如果有碰到手头的,我就抓;待情热过去了时,我就丢罢。一切精神,一切时间,我将用在打倒——"

他踌躇满志地举起眼来四望,看见自己正站在公园外的十字街头。右边是什么外国银行的"冲霄"式的近代建筑,铁的门和铁的窗槛嵌在花岗石的厚壁中,宛然像是中世纪封建诸侯的堡垒。林白霜忿忿地看着这巨灵的怪物,看到它内部的神坛似的金库,mammon①高高地坐着,无数的人跪在脚边。突然李蕙芳常说的那一些夸大的话,又闯进林白霜的记忆。他不知不觉点一下头,嘴角的皮放松了。他恍惚又嗅到了迷神的甜香。他又看见代替了mammon颠倒众生的,却就是李蕙芳。

把牙齿咬着嘴唇,下死劲撩开了这嘲笑自己的杂念,他转过脸去。那边有的是工事中的建筑;一架用汽力的小引擎正在刮刮地叫,烟囱中飞出一队一队的火星,像是些自由而活泼的新理想。

林白霜暂时惘然注视着,忽然把头一摇,本能地让开一辆向他身边驶来的汽车,就大踏步直向南京路去。

回到校里后,林白霜感得异常的无聊。他在自己房里团团地转,坐着,踱着,都觉得不好,似乎满房里生着棘刺,逼迫他向外跑。

---

① mammon,财神。

他走进了何教官的房间，想要用随便乱谭的方法来驱走那无名的俶扰。他颓唐地靠在一张椅子上，看着正在换衣服的何教官问道：

"今晚上要到南京去罢？"

猫脸的朋友点头。他按上了喉间的一个扣子，从书桌上的乱纸堆中检出一张纸来扔给林白霜，便又弯着腰穿皮靴。

这是一张油印的传单，字迹非常模糊；林白霜随便地瞥了一眼，只看见许多分行写的长短句，很像是新式的白话诗，但每句都冠以二字："打倒！"

"他妈的，打倒！什么都要打倒，什么也不曾打倒！"

猫脸朋友抬起头来气咻咻地说，脸色很难看。发牢骚是何教官的日常功课，所以林白霜也不以为奇，只应酬着笑了一笑，没有回答。

"五六年前，人家还在花呀月呀做象牙塔里的梦，老子就干革命；到现在，反该他们是天字第一号的革命家了。哼，将来再看，到底谁是投机派！"

这最后的一句，说得声色俱厉，似乎敌人就在眼前。林白霜诧愕地看着他的朋友的猫儿脸，想不出适当的酬答的话语。他同情于何教官的牢骚，可是也觉得这些话从何教官嘴里出来，未免是无的放矢。

"干我屁事？可不是！我就是看不过。自然并没骂到我头上，可是我看不惯那种丑相。人人有出风头的自由，我不反对他们想出风头；但是只想先打倒了长人，好让他们矮子露脸，这就叫旁观者看了心里作呕！老林，你说我这生气该不该？"

何教官慢慢地几乎一字一顿地说。他的眼睛望着林白霜，似乎等候他评判"该不该生气"。

"这也是中国文人祖传的法门。以前童生赴考，不是常有攻讦别人冒籍之类的把戏么？不过现在用的是更冠冕的大帽子罢了。"

林白霜带几分感慨的调子，一面说，一面拿起那张油印的纸片再看了一眼。可是他的心却被一些别的事情绊住。他原是为了纳闷，才来找这位猫脸朋友排解的；他盼望刺激强烈的快语把他心灵上的阴霾驱走，他盼望再听听就像今天上午谈过的那样使人战栗然而又使人异常畅快的关于恋爱的议论。

他看见猫脸朋友没有回话，却匆忙地将一些讲义纳进皮包里，便忍不住轻轻地逗了一句：

"在南京该有什么恋爱行动罢？"

何教官像是吃了一惊；正忙着乱抓纸片的一双手突然停止了。他的圆眼睛的棱光注在林白霜的略带严肃意味的脸上，足有半分钟之久，他才笑了起来回答：

"那是因为有功课，每星期总得去一次的呢！"

顺手抓起一叠纸来翻着，他又接下去说：

"请你不要再说什么恋爱罢！哪里有所谓恋爱，只是游戏。我不讳言，我只是游戏。老林，你将来总会明白，我这句话不是哄你的。"

"我不信竟有和你主张相同的对手。"

"然而你却不能不信竟还有许多和我手段相同的对手。"

林白霜惊讶地喊出一声："哦。"这是个表示不甚理解而等待解释的音符。

"这就是说：现在还没有为游戏而游戏的对手，但已有为了别的目的而愿意和我游戏的对手。例如娼妓！"

何教官说着哈哈地笑了。

"嫖妓总不能不说是例外。"

林白霜轻声说，一种由习惯而来的嫌恶的情绪，在他心里漾动。

"好，你又要说例外了。但是我刚才也只说'例如'呢！你应该认这个'例'字中间包括着许多虽然不是为了游戏而游戏，但在事实上却满足了人们的游戏欲望的女子。只有崇拜恋爱教的信徒才闭了眼睛不肯相信。"

"那不是和你的尊重女子人格的主张相抵触了么？"

何教官将皮包挟在腋下，耸了耸肩膀，拿起帽子来合在头

上,很傲慢地回答:

"我不曾说女子人格的升高或降落是关联着那小小方寸之地的禁闭或解放!而况我并没打算强迫别人来和我游戏,正像别人不能强迫我不和她游戏!"

这最后的半句话在林白霜心上印了一个冰冷的痕迹。他怀疑地望着他的朋友的怪面孔,搜索着怎样驳难的话。可是何教官已经走到房门边了。

"那么你总也有求之不得的痛苦?"

跟着也到了房门边,林白霜抢先似的再问。

"如果还有痛苦的话,就不是游戏。因为没有闲工夫闲心情来挨受这些无意义的痛苦,所以才去游戏!游戏罢!游戏罢!游戏万岁!"

何教官高声说,旋转身来对林白霜行了告别的敬礼,便匆忙地走了。剩下林白霜沉浸在复杂的深思中。他恍惚看见一队女子从黑暗的壁角里走出来,拿着各色各样的旗帜,纷乱地摇动,但当愈来愈近时,却又没有了人形,只是彩云似的一个旗阵,而这又化为斑驳的不辨五色的一团,滚滚地向前来,将他整个儿吞进。

"咄!"

林白霜惊喊着,踉跄地跑回自己房间去,一歪身就摔在书桌前的椅子里；上半身伏在桌上，紧紧地抱住了乱堆在桌面的一些国际政治经济的书。

五

第二天早上林白霜睡醒时，太阳光已经在满房里跳舞。夜来失眠，兼又多梦，此时他觉得很昏昏。片断的思想，生根似的在他脑里打滚，更增加了几分沉重的恶味。昨夜也为这些无赖的纠缠不清的感想所苦。用了绝大的努力，自己又百般譬说，再辅以何教官的辛辣尖刻的教义，他仅能在倦极以后朦胧入睡，然而现在，现在，这些不受欢迎的杂念，却又像睡醒了的蚊子似的赶清早又来扰动他的安宁。

他懒懒地举起手来揉着倦眼，似乎要抹去那些铅样的腻烦的感念，同时挣扎着把思想的方向转换过来：

"明明知道已经是徒自烦恼，为什么还不能摆脱？难道我竟是这样的意志薄弱！难道平生的学业只是骗人的糟粕，自己曾没分毫的受用么？事业，事业！恋爱，恋爱！我为什么不能采取了猫教官的恋爱观？为什么既已不将女性视为玩具，却又认她们是神？为什么不能看待她们是和自己同样的血肉做成的人呀！"

很惭愧似的淡淡一笑，林白霜想起自己站在女性跟前时那种腼腆恭恪的神情了。不敢冒昧，不好意思冒昧：这是他和可爱的女子相对时常常感得的本能上的拘束,现在他体认到大概就是这个"太温雅"使他的恋爱失败。为什么不学何教官的直捷了当的手段!

新的刺激,在他的胀热的头脑里开始发酵了。冥想的机械加速度运转,他觉得李蕙芳那边并未完全无望,他应该以革命的手段去一试;他郑重地对自己说:

"事业是事业,恋爱是恋爱;做事业应该有粘住了不放的韧力,做恋爱只该依照猫脸朋友的见解:碰到了女子想爱,就直捷地去爱她;爱不到时就此丢开;丢不开,放不下,徒然妨碍了做事业的精神和时间,不如不恋爱!"

他蹶然跳起来,匆忙地穿衣服,心里更匆忙地盘算如何对李蕙芳表示赤裸裸的意见;写一封信呢,还是面谈?他立即决定写一封信去。他要恳切地说明,一向并没将她当作"中间人"或是"附属物",他必得要求她给一个明了的最后的答复。

这突发的兴奋支持他十多分钟以后坐在桌前拿起笔来正要写信的时候,忽然又瓦解了。一个本能的拘束的尖角又在他的兴奋的网上冒出头来,而且固执地愈涨愈大。不可理解的矜持的心情掣住了他的手腕。他不能写出半个字来。并且他又觉得李蕙芳的太不可捉摸的举动和骄蹇的性格有些可怕。

"那么,她是到底不可爱了,那么,再不要想她,再不要庸人自扰罢！"

　　林白霜愤怒地命令着自己。但另一个更内在的自己却是十分顽劣地不肯接受。他撩开自来水笔，信纸扯得粉碎，眼望着空间发呆。

　　他惘惘然向房外走，但刚到了门边时，猛一想起何教官尚在南京，便又懊丧地缩住了脚。他悲哀地感到眼前的愁城是无法逃出了，唯一的遣愁的烈酒——何教官，不幸也不在！于是抱了自暴自弃的心情，他将自己掷在床上。

　　暂时毫无思虑，只有晕眩的苦闷。然而睡意亦慢慢地爬上他的眉眼，湿热的南风拂他的头发，又带来了都市的骚动的气息。

　　林白霜渐渐安静下来了。烦恼的刺粒都被南风吹平，只剩下一个浑朴的本体，尚硬邦邦地梗在他心中。"为什么我不能像猫兄那样的把恋爱看作仅仅生理方面的动作？"林白霜半意识地敲剥这个谜一样的坚核。他想起了那天何教官侃侃而谈的恋爱上的新写实主义，蓦地一道光在他心灵上闪过。学理发生作用了。他陡然认出来，是有一个更深藏的基本的东西在那里拨动他的恋爱的指针，使他不能够有何教官的观念，虽然已经承认何教官的主张或者是更好些。

　　他觉得床在他身下摇晃，房里的简单的家具都一起一伏地像在波浪中簸荡。他本能地举起手来揉眼睛。一切复归于静寂了。

只是他的心怔忡着,他似乎看见自己的心在胸腔中傍徨摇动,像一个钟摆。而且他又感到,正是这颗心的撞击,使他全身的血液骚扰不宁,使他的神经混乱,使他的眼睛昏眊。

一连串"心的钟摆"赫然挂在空间了。当头最大最显明的一颗还是热腾腾地在发散蒸气。以次渐小渐模糊,终至于最后的不辨动定的一个。

"从什么时候起,我徘徊于两大巨浪之间啊?"

林白霜苦闷地追想。往事的网,纠缠着不快乐的记忆,一切都只有个模糊的印象。然而现在的傍徨不定,他却明显地感得。为什么?他自己不很明白。他知道像他那样的心情,在目前是普遍的现象;他也曾搜求这所以然的原因,他曾经以为这是枙枭迷离的时局所造成,但现在他又觉得不很对了。有一句批评的话曾使他相当地承认:"因为你的根性是如此!"但何以会有这样的根性呢?林白霜又陷入于迷惑的深坑。

他奋然从床上跳起来,似乎决心要自求振拔。他在房中踱了几步,心里想:"反省虽然不可少,但尽管躲在家里空想,也是不行的罢?"将眼光在书桌上掠了一转,他机械地戴上帽子,就跑出去了。

信步走着,林白霜用郑重的眼光观察街头的纷攘;他想要在从新估定一切中找得了稳定自己的心的法门。

天空没有半点云，也没有风；五月杪的骄阳当头罩着，就像一把火伞。从早晨到现在还没吃过东西，林白霜也不觉得饿。他凸出了眼睛，伸长了颈子，神经质似的踱着，汗粒从额上和颈间慢慢地渗出来。

忽然冲破了街上的喧闹，有隐约的然而雄壮的呜呜的汽笛声，从不远的地方传来。这在全身注意着的林白霜就比霹雳还响些了。他蓦地心跳起来，脸上的肌肉都缩紧了。他本能地仰头四望。只是晴碧的五月天。然而在他的兴奋的心眼前，却耸立着大大小小的许多烟囱，在太阳光中幻成了赭色。林白霜松了一口气，再往前走。他的眼睛里充满了血，他看见街头往来的人都是红喷喷地涨溢着从深处出来的力。他的思想更飞得远远：

"地底下的孽火现在是愈活愈烈，不远的将来就要爆发，就要烧尽了地面的卑污龌龊，就要煎干了那陷人的黑浪的罢！这是历史的必然。看不见这个必然的人，终究要成为落伍者。挣扎着向逆流游泳的人，毕竟要化作灰烬！时代的前进的轮子，是只有愈转愈快地直赴终极，是决不会半途停止的。"

这样想着，林白霜觉得自己胸腔里重甸甸地，似乎那颗心已经转化为铅质，暂时不晃动了。坚决的光，也从他眼中射出来。然而这都是不久长的。当他忽然惊觉似的向左右顾望，发现他自己正站在洋楼对峙的所谓"银行街"的时候，他又像感了疟疾一般打起冷战来了。他觉得银的白光从四面逼过来，将他冰冻。他又看见一切往来的人的脸已经不是红喷喷地而是银的白霜罩满着。人们像影子像鬼似的匆匆忙忙赶着走，仿佛就是冥国。冷酷和阴惨，直浸透了林白霜的躯壳。他转身逃进了一条小巷。

这里湫隘的路旁排列着小杂货铺和小饭店，似乎都是些熟识的和善的面孔和更熟习的景物。它们的微温的黄光使得林白霜感受了几分得救的愉快。现在紧张的网在他心上撤去了，他不自觉地放慢了脚步，像赏鉴什么似的踱着。两三个人站在街旁很闲暇地交换着拖沓而冗长的对话。杂货铺的老板靠在柜台前嗑瓜子，小饭店里的锅子发出睡梦一般的嗤嗤的细声。弛缓的，微温的，半睡的，黄梅节的天气似的！

林白霜拖着两条腿慢慢地走，还不到十分钟，一种腻性的沉闷便又渐渐地堆压在他心头，直使他窒息。一对咬着耳朵细语的人儿，恰好挡在他面前。他带几分恶意的不耐烦地撞过去。那一对人儿分开了，但只向林白霜看了一眼，便又头碰头地继续他们的刺刺不休的私谈。一股无理由的怒气忽然冲到林白霜鼻尖。他很想大喊几声，打破这黄色的沉闷。他突然立定了，抬起左脚来向一条蹀到他脚边的小狗猛力踢了一下，便快步走出那小巷，飞跑着追上一辆电车跳了上去。

电车里是照常的拥挤。林白霜站在车门口往里望，只看见一大堆震动着的红的黄的白的脸。随即又混成杂色的一团,像极大的一方调色板。而这,又飞过来冲击林白霜的脑门,痛的像要炸裂。

卖票人伸过手来的时候,林白霜这才意识到是在电车上。他踌躇了。他要到什么地方去呢?他应该到什么地方去呢?在这车上的人,都有一个目标,只他是没有的!他本能地买了一张票,继续他的悲哀的思索。但在电车又停了时,许多人纷纷下去,他亦惘惘然跟着走到马路上。

是什么路,有什么景象,林白霜完全理会不到,紧箍在他眼眶里的,还是那闪闪地震动的三色。他不知道自己脸上有什么颜色,但是他很憎恶人们瞥向他身上的目光。他只拣人少的地方乱闯。

沿着水门汀的行人道,他急忙地走;他也转了好些弯,越过了一二条街。然后,他看见自己站在一片广场的前面。那正是有名的跑马厅了。

时候是过午一刻光景,太阳的热力正强,风的影踪也没有。林白霜觉得肚子里发空,并且不知道什么时候出来的汗水也已经将他的衬衫湿透。他呆立了一二分钟,便懒懒地跨上一辆人力车。

暂时毫无思虑,他注视着车轮的匀整的转动。路上刚洒过水,车轮在地面印出两道线,随后到了干燥的街道,车轮的印痕便愈曳愈淡,终至于消失。

"我的生活的经历不过如此而已——或许还不及!"

林白霜慨然默念,空虚的悲哀又重压在他的心上了。他觉得,以他那样的藐躬,负起生活的重担,实在是毫无意义的。"我没有个人的利益要追求,而且又没有群众的利益待我去追求,我艰辛地活着,到底是为了什么呢?"他痛心地想,自杀的影子陡然在他脑中一闪。他机械地抬起眼来,向左边看看,又向右边看看。还不是照旧的那些红的白的黄的脸?然而都是何等的志得意满!人人都是饱享着生活的意味。人人都是紧抱着生活的目的,只有他是生活中的放逐者,感不到意味,也没有目的。

"人人是有个人的或群的利益在追求着,虽然他们的面目是怎样的不同!"

林白霜很艳羡似的继续想。骤然他的思想转了个弯,前面展开一条大路来。他觉得应该放一些利益在他的生活的负担中,应该"有所为"而生活。而这"有所为"便该是一个重的垂子,可以镇定心的摇惑不安!

热血升到他头部,他的脸色变红了。

六

这样在精神上武装了,林白霜对于自己的恋爱事件也决定了新的处理方法。他承认从前的想用恋爱来解脱自己思想上的徬徨苦闷，实是一种空想。恋爱只是恋爱，只是两性间肉的快乐。他想来不恋爱很为难，既有事于恋爱，便不能不准备着失恋，然而又不愿有失恋的痛苦，那就只有接收了何教官的恋爱观。

抱着这个决定，他从人力车上跳下来，就跑到自己房里。他准备着看一看恋爱失败的明白的答复。但是当他换去了汗湿的衣服走近书桌前的时候，却看见一封信端端正正插在吸墨纸版的皮套角里。这正是李蕙芳的来信。林白霜镇住了心的微跳，拿起这封问题的信，很快地撕开了。他的目光被吸住在下列的几句话上面：

"……筠秋的事，尚未全然恶化；前言特相戏耳。幸勿介意。有一些功课上的事，还要请教；明天有暇否？……"

林白霜慢慢地将这信笺折叠成为小方块，拈在手指上轻轻地颠着，似乎估量它的轻重；然后蓦然一笑，随手撩在字纸篓中，他的沉吟的眼前，浮现出李蕙芳的狡猾的好捉弄人的圆面孔，但是像一股轻烟，刹那间也就消散了。

"不问如何，我行我的决定罢！"

刚把身体移开了书桌，林白霜脑膜上突浮出这样一个感念。他随即拿起一张纸，写了封简短的回信。直捷了当问李蕙芳肯不肯和他到杭州去游玩这么十天八天。

于是轻松地呼了一口气,林白霜走到窗前,怡然眺望傍晚的天空。李蕙芳将有怎样的答复,他并没放在心上。他并且已经在盘算如何用同样赤裸裸的态度去向赵筠秋试探。两者的均将失败,他是预料得到的;但也将鼓起勇气来承受那失败,他将没有懊丧,也没有悲哀。

斜阳的光辉将天空的几片灰白云朵都染成了红色。晚风也开始扇动了。林白霜很潇洒地倚在窗栏上,骋目于广大的空间。在落日的辉煌的映照下,他看见一切景物都带着希望的赤色,正和他的兴奋而坚定的情绪很适合。愉快的想象的泡沫,从他全身的血液泛出来,直到把他深浸着。

他轻轻地揉一下眼皮,回过脸来看房里。那边墙上的一幅中国大地图反射出鲜血一般的光彩,将满房的陈设都洒满了绯红的斑点。

"哈,这——即使不过是色盲,但已经和我从前的色盲不同了;况且,一个颜色的色盲总比三个颜色的色盲要好了许多罢!"

林白霜这样想。一个安详的微笑缀上了他的嘴角。

1929年3月3日作毕

(原载1929年3月25日、4月10日《东方杂志》第26卷第6、7号)

昙

一

早已过去了一星期。张女士小病在家。

每天还是照常起来捧着一本什么书解闷,她有许多杂乱的感想。

坐在窗前的沙发上,书本子摊在膝头,温暖的南风轻轻地吹拂她的秀发,槐树密叶筛过的太阳光在她胸脯上闪烁不定地跳跃,她机械地翻过了一页又一页的书,她的心魂却远在梦幻的他方。恍惚间已在云山远隔的故乡,她还是垂着两枝大发辫的十三四的女郎,依在母亲的怀抱,看庭前的一棵红棉。母亲的慈和的音调在耳边响:"韵儿,生你的时候,这棵树只有小指头那么粗,现在已经是这样高了。你看旁边的树都比它矮。它是一定要争强出头的,所以叫做英雄树哪。韵儿,虽然你是女孩子,你莫要忘记,要拿这棵树来做榜样。"这个时候,大概是母亲最快乐的时代罢?以后只见她常常独坐在房里叹气垂泪。然而忧悒的母亲的脸也已经有两年多不看见了。而且梦也是太少！

觉得鼻子里一阵酸辛，张女士忍不住掉下两滴眼泪来。但是一听得房门口有脚步声，她慌忙拿出手帕来擦干了眼泪，拿起书本子遮住了面孔。

"姨太太要问小姐，钱公馆的礼，该怎样回答。"

进来的一个俏眉眼的女仆轻声问。

张女士装作正在热心看书。半分钟后，她才懒洋洋地说：

"请姨太太斟酌就是了，何必又来问我。"

"为的是老爷不在家——"

"那么等老爷回来了再送！"

尖锐地截住了女仆的话，张小姐的眼光又落在书本子上，露出十分不耐烦的神气。对于姨太太的假意周旋，她早就不高兴，但如果她又看见了那女仆退出房外时的一副不尴不尬的嘴脸，她一定还要大大地生气。她知道姨太太的战术是很巧妙的：借着尊重"大小姐"的名目，常常拿一些家庭间的琐细麻烦的问题请韵出主意，事后却在丈夫跟前冷冷地批评，挑拨是非。精明干练的韵女士虽然还没有吃过亏，但这样时时刻刻要提防暗算的战士样的生活，颇使她感得了痛苦。待要完全不理呢，那么，姨太太背后的讥笑便将是"无能"，这又不是好胜心强的张女士所能忍受的。所以她憎恨这个家庭，她时常想跑得远些，不愿长住在家中，然而父亲又不许。

每逢想到这一些，韵女士便坠入了烦闷的深坑。现在是病中多感，她更加忿忿了。她想起去年此时的热闹日子，一长串断断续续的印象就在她的迷惘的脑膜上移过：灰布制服的同学，悲壮的军笳，火剌剌的集会，革命的口号，大江的怒涛，这一切岂非就是生命火花的爆发？然而，过去了。在时代的逆流中又渐渐地活跃的她的父亲，已经说过不许她再去"胡闹"，她现在只能进一个少爷小姐的"文"的学校，奄奄忽忽地过了一天又一天。

张女士丢开了手里的书，叹一口气，用力咬着自己的下唇，直到起了几点白色的齿痕。她陡然怨恨着父亲了。父亲不是不钟爱她，但父亲薄待她的母亲，而况又阻碍了她的光明热烈的前程。她却忘记自己去年秋季原也厌倦了那种兴奋紧张的日子，所以躲到上海这灰色的学校里，并不能专怪父亲的腐败顽固。

她走到书桌前，从一个抽屉里取一束旧信。这都是她到上海后收到的各方面朋友的信。大小不等的各色各样的信笺映在她面前，便宛然是一部缩短的现代青年的生活史；这里头，有忧悒的低叹，愤激的绝叫，得意的矜夸，伤春的哀音：每当烦闷的时候，张女士总要翻阅这些旧信，聊且吐一口闷气。现在她拿了这些几乎可以背诵的信札走去躺在床里，一封一封地看过去。她恍惚房内已经挤满了那些信的主人，用她们各人的方言抢着诉说身受的愉快或苦闷。

张女士有时微笑，有时则皱了眉头。她对信中人的哀乐寄以满腔的同情，她渐渐忘记了自己的烦闷。虾一样弯曲了身体侧卧着，她的腰肢就像折断了似的瘦细，她的匀整地一起一伏的胸部显出高耸的乳峰；她的褪落到肩际的袖管露出洁白的上臂。这样的呈现色相地躺着，她渐渐起了朦胧的睡意。

二

忽然阴云罩上了她的薄染春困的面孔，她的腰肢轻轻一震，一张信纸从她手指间掉下来，混进了堆在她胸前的一叠里。她霍地坐起来，捡起那张纸来，捏在手里，呆呆地出神。从房门口来了细碎的履声，她也没留意。直到一只白嫩的小手像飞鸟啄食似的掠过来在她手里抓去了那张信笺，她方才出惊地叫了一声。

"好呀，装着生病，却躲到房里看情书！"

这娇憨的笑声在满房内滚，同时一个血牙色衣服紧裹着的浑圆的人体现出在张女士床前了。浓眼毛下一对乌溜溜活泼的眼睛尽对着张女士瞧。

松过一口气来，张女士向床前这位淘气的客人瞪了一眼，慢慢地沉着地说：

"是你呀——兰，不要乱嚼舌头！"

"你应该说不要乱喷蛆；这才是顶时髦的格言成语。"

兰女士自解嘲地回敬了一句，便打算看抢来的那张纸；但又捺下了藏到身后去，吃吃地笑着说：

"我不要看，可不是，情书是不能随便公开的？但是，你先要允许我一件事，——给我一个Kiss，我就还了你。"

张女士只是淡淡地一笑，没有回答。

"赶快接受了条件罢！给你三分钟的犹豫。"

"是情书的话，就依了你的要求。可惜不是。——你尽管看，细细的看；还不是你早已知道的那一回事。"

很镇静地答着。张女士扭着腰站起来，袅袅地走到窗前沙发上坐了，惘然看着墙上挂的画片。

兰女士觉得再开玩笑也没有意思，在略一迟疑以后，便拿起那张信笺来看了一眼。她的脸色渐转为严肃了，轻轻地点着头，便走到张女士跟前，还了信笺，也在沙发上坐了，紧挨着她的女友。

两个人互相看着，都没有话。

"你这问题还没解决么？"

终于是兰女士低声问。

"我也不知道算是已经解决了没有。你看那信尾的日期还是三月十五，那时我父亲差不多天天拿这件事来逼我。可是自从我接到密司陈这封信,知道那位军官已经有了老婆,并且还有几位临时太太,我就一古脑儿告诉了父亲;我老实对父亲说,老人家不忧穿吃,何忍卖女以图富贵!"说到这里,张女士一顿,眼眶里微微有些红了,但随即勉强一笑,结束着说,"从此以后,就没有听见再提起这件事。"

"你说这都是你们那位姨奶奶的阴谋么?"

张女士点头。一种说不出的嫌恶而又恐怖的情绪将她包围了,她感觉得自己在这一方面的斗争,不免到底要失败的。父亲是早已想利用她来结交权贵,姨太太又乘机构煽;他们都顶着礼教的大帽子来坑害她,亲戚长辈的同情是在他们那边的。她孤立着,她的周围尽是敌人。

"刚才我来的时候,她盘住我说了许多话呢。我猜度她的用意是要打听你在学校里有没有男朋友。自然,在他们看来,男朋友就是恋人了。"

兰女士说的更低声。她的尖利的眼波在张女士脸上很快地一溜,那样子是很可以使人不安的,可是张女士并没注意到;她正在忿忿地说:

"理她呢!我的事,要她来管!上次何若华来——就是你初次看见他的那一次,她也兜圈子来盘问我,被我不客气给她一个大钉子,哼!"

一面说着，张女士走到床前，把那些信笺照旧叠好，放在抽屉内。然后，她背靠着书桌，很温柔地对兰女士看着，似乎有话要说，却又在踌躇。

"这一向，何若华来过么？"

还是兰女士先开始，附带一个浅笑，好像窥见了张女士的心事。

"没有。病了一星期，我简直不曾出过大门。"

"连信也不写么？"

兰女士意外地很尖锐地问。

这使得张女士感得了几分不自在。她自信对于何若华除友谊而外，并没什么特殊的情感，因而觉得兰女士的咄咄逼人的言外之意是不能承受的。她把脸色略放沉些，慢慢地回答：

"我是素来懒得写信的。又没有一些儿事，写什么好呢？可是，这一星期中，你大概见过何若华罢？"

兰女士的头动了一下，那态度是模棱得很，表示不出"然"或"否"。这一次，张女士却是很留心的看到了。女性特有的敏感，使她直觉到兰女士和何若华中间似乎已经有一些事瞒着她在进行。她立刻感得自己是被欺骗了，至少也是被外视。这不是狷傲的她所能忍受的。一种异样的酸辣的滋味升腾到她鼻尖了，然而她还能克制自己。她有意无意地微微一笑，走到梳妆台的大镜子前整理她的头发。她这才看见自己的脸色已经有些异样。她忽然内愧起来，一个理性的反省跳到她意识上：为了不相干的事，不相干的人，却这样的动感情，算什么呢！

于是心头轻松了许多，张女士轻盈地回到沙发上，挨着兰身旁坐下。兰女士伛着身体正在扣好皮鞋上的钮子；她的跷高的小腿就像一根圆锥形的肉柱；而从她的洒开了的衣裙内又飘浮出一阵一阵的暖香。

张女士也觉得心里一动，初次体认了她的女友的肉感的力量。同时，何若华的形象忽又在她眼前一晃。但是她立即收摄了心神，找出几句话来：

"这几天真是闷得慌了。我想来原先的小病，该早已好全，现在的病大概就是闷出来的呢！今天幸而你来谈谈，学校里的功课不很忙罢？"

"不忙，"兰女士回答；挺直了身体，很舒服地把后颈靠在沙发背上。"暑假也快到了。据说今年夏天一定很热，我真有点儿怕。"

"你是小胖子，所以怕热。仍旧要到普陀去避暑的罢？"

"今年很想换一个新地方了。听何若华说，牯岭或是青岛，都很好。"

兰女士竟又提起何若华了。然而她立刻觉得是失言，赶快加一句：

"不是那一天在你这里他说的很详细么？"

张女士诧异地睁大了眼，但随即微笑着回答：

"我记得没有听见何若华说过什么岛什么岭。恐怕是你做了一个梦。"

似乎被人发见了阴私，兰女士的脸色突然变了；但几秒钟后，她狂笑起来，用劲抱住了张女士的细腰。她的细长的眉毛尖微微有些锁皱，像是一些神秘的文字，说明这位少女的心里正有个小问题委决不下，她先想含糊地搁开了这个话头，她相信这是她个人的事，没有对人解释之必要；但是张女士的微笑颇带些讥刺的气分，又使她发生反感，觉得正该卖弄一下手段，看看这位多疑的张女士做些什么嘴脸。

终于她决定了执行第二个方案。

"确是一个梦，而且是很长很发笑的梦呢！梦就是这样：人家的信，一封一封接连着来，很忠实很恳切；人家又是三天两头的来拜访，又殷勤，又恭顺。那当然有许多话要谈论了。谈他自己的过去，现在，未来，谈他所认识的人，男朋友女朋友；附带谈到的，便是牯岭和青岛。"

说到最后的一句，兰女士坐正了身体，笑嘻嘻地看着张女士的面孔。

"那不是需要许多天么？难怪你们连生病的老朋友也忘记了。早知道你有这样可喜的梦，我一定要恭贺了！"

张女士干笑着说。忽然一阵焦躁爬遍了她全身，她站起来把关着的两扇玻璃窗都推开了。她对窗洞行了次深呼吸，然后转过身来，走到兰女士旁边，忍不住又干笑了一声。

"既然你说是可贺，就奉让给你罢？"

兰女士还是笑嘻嘻地说。张女士的不大介意的态度，略使她感到失望；她原来以为至少可以借此探得张女士和何若华关系之深浅，不料竟一无所得。

"这一件事是不好让人的，可不是么？"

张女士迷惘地回答；刚才的紧张的不安，焦躁，悒闷，已成过去；她现在好像用旧了的弹簧，懒懒地振作不起来，她觉得只有空虚和寂寞在她周围扩展着，包围了她，吞噬了她。

成片的暖风从窗外送来，树叶索索地作响。张女士猛然打了个寒噤。她将两臂交叉着抱在胸前，似乎很怕冷。

"我想来，这些梦应该落到你身上。人家和你是老相识呢！"

兰女士抿着嘴笑了一笑。夸炫的神气在她那最后一句的尾音中传出来，就像一支尖针，刺得张女士心痛。她霍地站起来，将自己的手放在兰女士的手里，挣扎着一字一顿地说：

"我又发冷了。你摸我的手呀。"

猛然一阵风吹来，砰的一声，玻璃窗自己碰上了。风灌进张女士的肥短的衣袖，直撺到她胸前，好像是有一只冷冰冰的手按在她心窝了。她全身一震，脸上失了血色。

　　"还是躺一下罢。说多了话，累得你很倦了。"

　　兰女士抱歉似的说。她拉了张女士的手，想扶她到床上去。但是张女士的腰肢一扭，又落在沙发里。她看定了兰女士的面孔，勉强笑着说：

　　"本来闷得慌，随便谈谈也是好的。"

　　兰女士点着头又坐了下去。然而谈话是不能再活泼起来了。两位女士都低着头，像是在那里回味刚才的对话。静默占有了这房间，渐渐地成为使人窒息的威胁。喜欢热闹的兰女士觉得很难堪，挨过了几分钟，便在"明后天再来看望你"的预诺中飘飘然走了。

三

　　剩下张女士独自深埋在愁思中。

　　像开了留声机似的，兰女士的话很分明的一句一句地还在张女士耳边响：信是一封一封接连着来，又是三天两头的来拜访；忠实，恳切，恭顺！张女士觉得这些字刺痛了她的耳朵。她不愿意再听，她祈望立刻忘记了这一切的对话。可是徒然。尖针样的语句还在她耳内钻，而且直抵脑部，使她的头亦涔涔然痛了。

她把两手按在耳朵上用力地揿着,于是就有轰轰的闹响充满了耳管;然而那些可憎的断句却又像是被关在脑壳内了,很顽强地突突地冲打她的前额。

她抱着头,倒在沙发里,缩做了一堆;她又跳起来,在房内团团地走;觉得喉间被叉住了那样的胀闷,她就发怒地拉开了衣领;感得胸口像有重物压着,她又扯断了胸衣上收口的丝带;她暴躁地用手指乱抓自己的头发,她的眼睛发热而且枯涩了,她完全失却了温柔静默的常态。

像一只落在陷阱里的猛兽,她努力要摆脱心上的扰乱的铁环;但是,用尽了全身的力量后,她终于被那不可名状的扰乱所征服,她只能偃卧在床上,狼狈地喘着气了。两行清泪从她的暂时变为滞晦的美目里慢慢地淌下来。

她软瘫着,她忍受悲闷的啃啮;然而,她亦冷静些了,经过了片刻的麻木无思虑以后,反省的机能又在她脑中活动起来。她搜求这扰乱的原因了。是为的兰女士对她不公开么?她本来没有权利定要与闻别人的秘密,而且大可不必与闻别人的秘密。为了兰女士的行动是近乎欺骗她么?究竟她亦何尝因此有了一丝一毫的损失。为了何若华之显分亲疏厚薄么?她觉得自己本没有将朋友间的此疏彼密看成为了不得的荣辱。为了这一点而至于耿耿不宁,无乃亦太不值得!这不像是往常的她了。往常的她不是这样仄狭的!

于是她觉得刚才自己的狂乱实在太可笑了。"所以然的原因,大半还是因为病中多思善感,加以肝火太旺,容易生气,这才演了这一出独人的趣剧。"这样想着,张女士忍不住笑了。现在她觉得心里空洞洞地毫无牵累,她自信不久就可以忘记了兰女士和何若华的一切,她更决定从此便忘记了何若华,永远忘记得干干净净,就同世上本无此人一般。

在十分洒脱的心情中,张女士打算明天无论如何须到学校;"不找些事做,却闷坐在房里乱想,是最不好的,"她这样心里教训着自己。

但到了晚上临睡时,一种凄惶悒悒的滋味又在她心头起来了。像是受了委屈,又像是失落了什么东西的心情,搅扰她梦寐不安。这一夜,她得了许多杂碎不成片段的乱梦。她几次从梦中欹歔醒来,泪痕尚挂在眼角。第二天早上,她就觉得太阳穴发胀,全身异常重滞,懒得起来;夜来的梦是全部遗忘了,只留着晕眩昏迷的感觉,沉重地压在眉目间。

无论如何要到学校去的决定是搁置了。张女士奄奄忽忽地又过了半天。这是思想空白的半天,未始没有断片的杂感像泡沫似的时时浮上来,然而方生方灭,都不曾留下较深刻的印象。只有一个观念是粘着在张女士的意识上的:不争无谓的闲气。她把自己架空在云端,用不屑的眼光睨视一切,她确信自己既无求于人,亦不与人争什么;对于患得患失的姝姝自喜者,她只付之一笑。

四

然而像是期待着什么似的,张女士在消沉中又带着几分纳闷。她是异常的敏感,异常的易惊;每一个曳近她的房门的脚步声,每一个从楼下来的人声,都使她瞿然一跳,睁大了眼睛,侧耳静听。而当那脚步声终于从她房外滑过,当楼下的人声倏又寂灭的时候,她不禁失望似的吁一口气,懒懒地向床上一横,或是踱了几步,或是手托着下巴,痴痴地瞅着楼板的木纹。

期待着什么呢?张女士自己不很了然。只是她的一颗心没有着落似的作怪。她盼望有什么事发生,替她解闷,帮她消磨了难堪的光阴。一场大雨也好,一阵狂风也好;什么都好。只不要冻凝的麻痹的寂静。

在这不耐的期待的心情中,兰女士与何若华的影子也时时从张女士的意识上浮出来,但都被张女士的狷傲的成见压了下去。即使是不可耐地无聊与寂寞,张女士也负气地不肯再让这两位闯进来伴她的孤独。

这样的挨过了一秒又一秒,一分又一分,终于苍黄的暝色侵入张女士的房里。她怕这将要到来的黄昏。她站在窗前呆呆地望了一会，忽然那蓄积了一个下午的怪样的悒闷一齐发作了。她不肯自闭在这只有昏暗和孤独作伴的小楼中。她匆忙地掠一下头发，便飘然出去。

因为是凉爽的初夏的薄暮，马路上有一对一对的徐步彳亍的人儿。在张女士面前的，是一个高大的女子和一个瘦小的男人；那男人的侧形映到张女士眼里，很像是个熟人。张女士下意识地快走了几步，赶到他们身后细看时，才知道原来是个不相识者。可是他们的似乎在争议着什么的谈话又引起了她的好奇心，她不知不觉跟在他们后面走了。

转了个弯，是法国公园的后门了。高女人和小男子中间发生了意见的不一致，但在交换了两三句话以后，到底一前一后的进去了。从女人口里流出一句比较响的含嗔的话是：

"是不是你恐怕在这里碰着了她，以后不好撒谎？"

跟在后边的张女士蓦地心里一跳。她惘惘然推想这句话的背景，同时脚下更快些，和他们并排着走了；她的肩膀离开那瘦小男子的，只有两尺光景。女人这句话引起了更热闹的分辩和驳诘；虽然声音很小，不甚清楚，但在薄暗中，张女士瞧见这两位脸上的神气都是很难看的。几个游人从对面来，向他们三个掷过注意的瞪视，其中有一位还单独向张女士做了个鬼脸。张女士却没有觉到。

他们到了灯光明亮的木球场左近,女子的恨恨的声浪更高了。许多眼光转过来射住了他们三个,还夹着有嘘嘘的嘲笑声。争执的两位惊觉了。看见男子肩旁骤然多出一个苗条的女性,那高大的女人突然站住,一对怒目横掠到张女士脸上,颇厚的嘴唇也撅起来了。男子转过脸来,惊异地映着眼,但随即表示"不与他相干"似的微微一笑。女人嗔视着有两三秒钟之久,然后粗暴地抓着男子的臂膊,走向树径中去了。

张女士这才觉到是被误会了,而且更厉害地被游客们误会。嘲讽的睨视和不堪入耳的半句的秽语,同时集注到她这边来。她涨红了脸,本能地拖着两条腿,逃进了一条僻静的小路。

这里两旁都是虬枝的老树和菁密的灌木,树间漏下的电灯光十分淡弱。张女士松一口气,落下两点刚才努力忍住的眼泪。她的满腔的怨怒,不知道向谁发泄方好。她恨那个高大的女子,恨那些轻薄的游客,她又恨那个脓包的瘦小男子,最后她恨自己的做梦似的闹出这场自取其咎的笑话。

"这两天来,我真是变了一个人了。我会发疯的罢?"

悲痛地问着自己,她倚了一棵树干休息着。然而这个问题的答案是难得的,并且她的杂乱的心情也不容许她冷静地追索;高矮悬殊的争执着的一对,高女人说出来的那句颇耐寻味的话,都强硬地在她心上分一席地。刹那间她起了许多的感想。她忽然同情于那个恶狠狠地瞪她一眼的高女人了。她暂时忘记了自己的可怜的孤独。

周围是昏黑而且静寂。只有黄绿色的灯光偶然照见树枝的一晃，便像是黑衣的大汉伸出捞捕人的臂膊，这黑影掠过张女士的面孔，吓了她一跳。她突然转过身子来，就听得相距不过两三尺的一棵树后有悉索悉索的微响，接着又是半声假笑。有什么轻薄的恶少在那里钉她的梢啊！张女士惊惶回顾，一切杂念都已跳跑，只有恐惧压住了她。

一片轻快的欢笑，夹着说话的声音，从右方传来；张女士胆壮了一些。她立即穿过树木，急步向笑声来处走去。那边是一根铁柱托着两盏球形的电灯，明晃晃地照出园中的一条柏油路，张女士心头更加轻松了，脚步也自然放慢了些。忽然电灯柱后的一张长木椅里腾起了女子的被碰着什么似的冶笑声，张女士不自觉地站住了。好耳熟的笑声？极像是兰女士呢！她这样沉吟着，接着就有两个人形从长木椅的长靠背前透出来，在电灯下一闪蹀过了柏油路，走进对面的树区。现在张女士看得很明白，女的正是兰女士；男的呢，除了何若华也不会有第二人是这样风姿潇洒的。

张女士本能地又向前走了几步，挨到了电灯柱旁，便颓然落在那椅子里。她的眼前是一片昏黑，她的心突突地狂跳了几下便像是全然停止了。被人钉梢的恐怖,又已退隐,是另一种火样的酸味灌满了她的全身。

然后,乱糟糟地仿佛有无数的感念通过她的心,而实际上是什么感想都没有,只是兰女士和何若华两个名字,还有刚才醉人的冶笑,一往一来地在张女士心上滚动。她这样迷乱地软瘫在椅子上,直到椅子的彼端偷偷地加上一个人,直到往来经过的游客都对她诧异地注目,她这才惊觉着挣扎起来,失望地在这充满了欢乐人儿的园中乱闯。

张女士终于从另一个门走出了法国公园,再到马路上时,两旁的商铺都已耀着电灯。紧张的情绪已经过去一半,现在她抱了"禽兽不可与同群"的观念,只想立刻就到了家,躲在自己的房里。她抄近路走进一条冷僻。她的步武也安详些了。然而,兰女士的笑声,两个人并肩蹀过柏油路的侧影,依旧在张女士的幻觉中活动;而这又勾起了许多碎断的回忆。她想到自己这次小病以前何若华的亲密殷勤,她又想起了如何由自己的介绍,兰女士方始认识了何若华,她又想着前天兰女士所说的什么"梦"。突然兰女士的得意面孔像一个大电灯泡似的挂在她面前,使她眼晕。在旁边的是何若华的可爱的姿容。张女士觉得心里像被抓破了一样的痛。失败的感觉,被欺骗的感觉,混合着报复的愤恨,突然膨胀起来,驱走了其他一切的思想。

"兰对待朋友就是这样的么？何若华也是岂有此理！一定要报复，报复！为什么我不用些手段赢他过来，使他匍伏在我脚边，然后再踢开他呢？"

刚想到"踢"开他，张女士心中却又一软了。她有点不忍，也有点不肯。她迷乱了。她的脸上升起红晕，她的心作怪地痒痒地跳。她的失了制裁的身体竟和一个人擦肩膀撞着。她猛然站住。一只强有力的手掌已经绕在她的小臂上。

张女士锐呼一声，下死劲挣脱了身子，飞跑出那条冷衢。从背后送来一个轻薄的冷冷的声音说：

"让人家跟了半天，现在倒像煞有介事起来了！"

张女士头也不回，只管跑；直到跨进了自家的大门。不知什么时候出来的冷汗，已经湿透了她的轻纱衣服，很狼狈地粘在胸前，衬托出两个颤动的乳峰。

五

换下了汗湿的衣服，张女士闷闷地躺在自己房里的沙发上，想着刚才半小时内的恶梦似的经过，又是伤心，又是愤恨。然而她亦十分倦了。

俏眉眼的女仆在房门口探进头来，很怪样地看了一眼，又缩回头去。

张女士霍然坐起来。

"老爷回家了，请大小姐下去。"

女仆低声说；转过一个侧形来，用半个脸笑着。

张女士略一颔首，懒懒地又躺下了。父亲近来的行动在她这面没有好的印象，而且父亲近来又常常查问她的踪迹；她实在不愿意见他。尤其在此时她心里是那样的扰乱，当然更不愿静听父亲的絮聒。她踌躇着；她惘然想这想那，躺着不动。

但是父亲已经进来了。

在照例的家常的问答中，父亲的一双三角眼钉住着瞧他的女儿。他忽然郑重地问：

"什么时候放暑假？"

"大约是两星期以后罢。"

"那么下星期我到南京去的当儿，你就跟我一同去。"

张女士疑问地向父亲瞥了一眼，没有回答。

"那边的公馆少人照料。况且，王司令屡次说起你，很是——"

张女士突然变了脸色，把头转向窗外。这个倔强的表示，稍稍引起了父亲的不快。他暂时停顿一下，然后严重地接着说：

"你的心事我也知道，婚姻要自主。你看见社会上许许多多的自由恋爱，有好结果？王司令，少年腾达，人又漂亮，我的眼光断不会错的！我也不是老朽昏庸的顽固派，只听了媒人的话就说行；我让你自己也去看看人品，还不好么？"

"我并没说过要自由恋爱，我只要求婚姻须得我自己同意。"
张女士软软地企图反抗。

"不和你咬文嚼字！不得我的同意，你，什么都不成！况且，我让你先去认识认识，还不是就等于尊重你的意见么？"
父亲的口吻开始严厉了，虽然最后一句的调子又转为柔和。

"不用再去认识！王某的为人，上次我已经详详细细告诉了爸爸了。我早已明白他是这样的人品。"

张女士坚决地回答。她不耐烦地站了起来，却又慢慢地走到梳妆台前，扭着腰肢，整理头发，在镜子里，她看见父亲的三角眼闪闪发光，不瞬地瞧着她。忽而父亲的嘴角浮出一个狡猾的冷笑。张女士不禁心里抖了。

"废话少说。总而言之，跟我到南京去！那时，包你称心满意。"

"一定不去！"

张女士疾转过身来强硬地反抗。她猜到父亲的冷笑里有阴谋。

"不去？哼！单是你想不去，就成么？"

父亲很生气地说。他霍然站起来，向女儿走进了一步，似乎想用更高压的手段，但是，毕竟只威严地瞪了一眼，便大踏步走了。

张女士倒在床里掉眼泪。她觉得自己是完了。

父亲方面的压迫，早在她的意料中，所以从这方面来的悲哀并不十分剧烈。意外地使她感到不可耐的苦痛的，是刚才在法国公园的发见。对于何若华原也说不到什么特殊的关系，但因为要防止父亲的将她嫁给军官，张女士常常想早些自决，因而何若华在她眼中未始不是一位候选者。但现在是什么都完了。候选者为人所夺，而父亲方面的压迫却又是不可终日！

她好像一个溺水的人，连碰在手头的仅有的一块木板也滑失了！并且波浪是那样险恶，更没有时间容许她再找第二块木板。

她忽然十分怨恨着兰女士了。她觉得兰女士这样随便和人恋爱，很不应该。她又认定兰女士只是一时的浪漫，未必是真心爱着姓何的。

"可是她不想想她的浪漫行动会损害到别人身上哪！"

张女士猛然从床上跳起来，咬着嘴唇，狂怒地想。她看来世上的人都是她的仇敌，都是陷害她或是阻碍她的；她是被逼着一定得牺牲，一定得演悲剧。为什么让她来受牺牲，演悲剧？为什么她该承受那牺牲和悲剧！她天性中的骄狷自尊的性格便立刻抬头了。她要报复：她兴奋地在房里绕圈子走，继续着策励自己：

"报复！从兰的手里夺过何若华来——"

她的思想一顿。木板已不圣洁的观念稍稍使她心里作恶，但正当白热化的报仇的情感不容她反顾，却推动她更进一步：

"报复，不可靠的木板也是要报复的！"

以后怎样呢？张女士的幻觉的眼前是一片黑暗，是长江的滚滚的浊浪。她刚想起一年前有人在黄鹤楼头投江的故事来，接着便是母亲的忧悒的面容在她眼前一闪。她颓然落在沙发里，两手捧住了头。

一些碎断的问句纷乱地而又匆忙地在她意识上通过：脱离家庭？怎样生活呢？找恋爱？向兰报复？何若华？木板？公园里长椅上的活剧？高大的女人和矮小的男子？钉梢的恶少？堕落？自由恋爱？悲剧？自立谋生？女职员？教员，女作家，女革命党？……

她抬起头来凝眸望着空间。太多的问题，她无从决断。并且也觉得自己能力不足。渐渐她的思想转了方向，她迷惘地看见了故乡的景物，看见了母亲，看见了儿时看惯的红棉，一个新主意撞上了她的心了。她跳起来跑到书桌边找出当天的新闻纸来查看各轮船公司的"广州"班，同时轻轻地从齿缝中间自言自语的说：

"还有地方逃避的时候，姑且先逃避一下罢。"

1929年3月9日作毕

（原载1929年4月1日《新女性》第4卷第4号）

大泽乡

算来已经是整整的七天七夜了，这秋季的淋雨还是索索地下着。昨夜起，又添了大风。呼呼地吹得帐幕像要倒坍下来似的震摇。偶而风势稍杀，呜呜地像远处的悲笳；那时候，那时候，被盖住了的猖獗的雨声便又突然抬头，腾腾地宛然是军鼓催人上战场。

中间还夹着一些异样的声浪：是尖锐的，凄厉的，有曲折抑扬，是几个音符组成的人们说话似的声浪。这也是两三天前和大风大雨一同来的，据说是狐狸的哀嗥。

军营早已移到小丘上。九百戍卒算是还能够困一堆干燥的稻草，只这便是那两位终天醉成泥猫的颠顶军官的唯一的韬略。

军官呢，本来也许不是那样颠顶的家伙。纵然说不上身经大小百余战，但是他们的祖若父却是当年铁骑营中的悍将，十个年头的纵横奋战扫荡了韩、赵、魏、楚、燕、齐，给秦王政挣得了统一的天下；他们在母亲肚子里早已听惯了鼙鼓的声音，他们又在戎马仓皇中长大，他们是将门之后，富农世家，披坚执锐作军人是他们的专有权,他们平时带领的部卒和他们一样是富农的子弟,或许竟是同村的儿郎,他们中间有阶级的意识作联络。然而现在,他们却只能带着原是"闾左贫民"的戍卒九百。是向来没有当兵权利的"闾左贫民",他们富农素所奴视的"闾左贫民",没有一点共同阶级意识的"部下"!

落在这样生疏的甚至还有些敌意的环境中的他们俩,恰又逢到这样闷损人的秋霖,不知不觉便成为酒糊涂;说是"泥猫",实在已是耗子们所不怕的"泥猫"。

半夜酒醒,听到那样胡笳似的风鸣,军鼓似的雨声,又感着砭骨似的秋夜的寒冷,这两位富农之子的军官恍惚觉得已在万里平沙的漠北的边疆。闻说他们此去的目的地叫做什么渔阳。渔阳?好一个顺口的名儿!知否是大将军蒙恬统带三十万儿郎到过的地方?三十万雄兵都不曾回来,知否是化作了那边的青磷蔓草哟!

想不得!酒后的愁思,愈抽愈长。官中的命令是八月杪到达防地,即今已是八月向尽,却仅到这大泽乡;而又是淫淫秋雨阻道。误了期么?有军法!

听说昨天从鱼肚子里发见一方素帛,硃书三个字:陈胜王!

陈胜?两屯长之一是叫做陈胜呀。一个长大的汉子,总算是"闾左贫民"中间少有的堂堂仪表。"王"?怎么讲?

突然一切愁思都断了线。两军官脸色变白,在凄暗的灯火下抬起头来,互找着对方的眼光。压倒了呜咽的风声,腾腾的雨闹,从远远的不知何处的高空闯来了尖厉的哀嗥。使你窒息,使你心停止跳跃,使你血液凝冻,是近来每夜有的狐狸叫,然而今番的是魔鬼的狐狸叫,是要撕碎你的心那样的哀嗥。断断续续地,是哭,是诉,是吆喝。分明还辨得出字眼儿的呀。

"说是'大楚兴'罗?"

"又是'陈胜王'!"

面面觑着的两军官的僵硬的舌头怯生生地吐出这么几个字。宿酒醒了,陈胜的相貌在两位军官的病酒的红眼睛前闪动。是一张多少有点皱纹的太阳晒得焦黑的贫农的面孔。也是这次新编入伍,看他生得高大,这才拔充了屯长。敢是有几斤蛮力?不懂兵法。

想来陈胜倒不是怎样可怕,可怕的是那雨呀!雨使他们不能赶路,雨使他们给养缺乏;天哪,再是七日七夜的雨,他们九百多人只好饿死了。在饿死的威吓下,光景是什么事都干得出来的罢?

第二天还是淋雨。躲在自己帐里的两位军官简直不敢走动。到处可以碰着怀恨的狞视。营里早就把鱼鳖代替了米粮。虽然是一样的装饱了肚子,但吃得太多的鱼鳖的兵士们好像性格也变成鱼鳖了。没有先前那么温顺，那么沉着。骚动和怨嗟充满了每个营房。

"怎么好？走是走不得，守在这里让水来淹死！"

"整天吃鱼要生病的哪！"

"木柴也没有了。今天烧身子下面垫的稻草，明天烧什么？吃生鱼罢？我们不是水獭。"

"听说到渔阳还有两三千里呢！"

"到了渔阳还不是一个死！"

死！这有力的符咒把各人的眼睛睁大了。该他们死？为什么？是军法。因为不是他们所定的军法所以该他们死哟！便算作没有这该死的军法，到了渔阳，打败了匈奴，毕竟于他们有什么好处？他们自己本来也是被征服的六国的老百姓，祖国给与他们的是连年的战争和徭役，固然说不上什么恩泽，可是他们在祖国内究竟算是"自由市民"，现在想来，却又深悔当年不曾替祖国出力打仗，以至被掳为奴，唤作什么"闾左贫民"，成年价替强秦的那些享有"自由市民"一切权利义务的富农阶级挣家私了。到渔阳去，也还不是捍卫了奴役他们的富农阶级的国家，也还不是替军官那样的富农阶级挣家私，也还不是拼着自己的穷骨头硬教那些向南方发展求活路的匈奴降而为像他们一样的被榨取的"闾左贫民"么？

从来不曾明晰地显现在他们意识中的这些思想,现在却因为阻雨久屯,因为每天只吃得鱼,因为没有了木柴,更因为昨夜的狐狸的怪鸣,便像潮气一般渗透了九百戍卒的心胸。

鱼肚子里素帛上写的字,夜半风声中狐狸的人一样话语的鸣嗥,确也使这九百人觉得诧异。然而仅仅是诧异罢了。没有幻想。奉一个什么人为"王"那样事的味儿,他们早已尝得够了。一切他们的期望是挣断身上的镣索。他们很古怪地确信着挣断这镣索的日子已经到了。不是前年的事么:东郡地方天降一块石头,上面七个字分明是"始皇帝死而地分!"平舒华山之阳,素车白马献璧的神人不是也说"明年祖龙当死"么?当死者,既已死了;"地分",应验该就在目前罢!

想起自己有地自己耕的快乐,这些现在做了戍卒的"闾左贫民"便觉到只有为了土地的缘故才值得冒险拼命。什么"陈胜王",他们不关心;如果照例得有一个"王",那么这"王"一定不应当是从前那样的"王",一定得首先分给他们土地,让他们自己有地自己耕。

风还是虎虎地吹着,雨还是腾腾地下着。比这风雨更汹涌的,是九百戍卒的鼓噪,现在是一阵紧一阵地送进两位军官的帐幕。

觉得是太不像样,他们两位慢慢地踱出帐幕来,打算试一试他们的"泥猫"的威灵了。

他们摆出照例的巡视营帐的态度来。这两位的不意的露脸居然发生了不意的效果,鼓噪声像退落的潮水似的一点一点低下去了。代替了嘴巴,戍卒们现在是用眼睛。两位军官成了眼光的靶子。可不是表示敬意的什么"注目礼",而是憎恨的,嘲笑的,"看你怎么办!"本来未始不准备着接受一些什么"要求",什么"诉说",或竟是什么"请示进止",——总之,为了切望减少孤独之感便是"当面顶撞"也可以欢迎他们俩,却只得到了冷淡和更孤独。他们不是两位长官在自己部下的营帐内巡视,他们简直是到了异邦,到了敌营,到了只有闪着可怖的眼光的丘墟中。

是黄河一样的深恨横断了部下的九百人和他们俩!没有一点精神上的联系。九百人有痛苦,有要求,有期望,可是绝对不愿向他们俩声诉。

最后,两位军官站在营外小丘顶巅,装作瞭望地势。

大泽乡简直成为"大泽"了。白茫茫的水面耸露出几簇茅屋,三两个村夫就在门前支起了鱼网。更有些水柳的垂条,卖弄风骚地吻着水波。刚露出一个白头的芦花若不胜情似的在水面颤抖着。天空是铅色。雨脚有簪子那样粗。好一幅江村烟雨图呵。

心神不属地看着的两位军官猛觉得有些异样的味儿兜上心窝来了。是凄凉，也是悲壮！未必全是痴呆的他们俩，从刚才这回的巡视看出自己的地位是在"死线"上，"死"这有力的符咒在他们的灵魂里发动了另一种的力量；他们祖若父血液中的阶级性突然发酵了。他们不能束手困在这荒岛样的小丘上让奴隶们的复仇的洪水来将他们淹死！他们必得试一试最后的挣扎！

"看出来么？不是我们死，便是他们灭亡！"

"先斩两屯长？"

"即无奈何，九百人一齐坑罢！"

先开口的那位军官突然将右臂一挥，用重浊的坚决的声调说了。

"谁给我们掘坑？"

不是异议，却是商量进行手续，声音是凶悍中带沉着。

"这茫茫的一片水便是坑？"

跟着这答语，下意识地对脚下那片大水望了一眼，军官之一得意地微笑了；然而笑影过后，阴森更甚。拿眼睃着他的同伴，发怒似的咬着嘴唇，然后轻声问：

"我们有多少心腹？"

呵，呵，心腹？从来是带惯了子弟兵的这两位，今番却没有一个心腹。战国时代作了秦国的基本武力的富农阶级出身的军人，年来早就不够分配；实在是大将军蒙恬带去的人太多了。甚至像"屯长"那样的下级兵官也不得不用阶级不同的"闾左贫民"里的人了。这事件的危险性现在却提出在这两位可怜的军官面前要求一个解答。

"皇帝不该征发贱奴们来当兵的！"

被问住了拿不出回答来的那位军官恨恨地说，顿然感到祖若父当日的黄金时代已成过去，永远成为过去了。

"何尝不是呵！自从商君变法以来，我们祖宗是世世代代执干戈捍卫社稷的；作军人是光荣的职务，岂容'闾左'的贱奴们染指！始皇帝宾天后，法度就乱了。叫贱奴们也来执干戈，都是贼臣赵高的主意哪！赵高，他父母也是贱奴！"

"咳，'倒持太阿，授人以柄；'——这就是！"

因为是在大泽乡的小丘上，这两位军官敢于非议朝政了。然而话一多，勇敢乐观的气分就愈少。风是刮的更大了。总有七分湿的牛皮甲，本来就冰人，此时则竟是彻骨的寒冷。忍着冻默然相对，仰起脸来让凉雨洒去了无赖的悲哀罢！乡关在何处？云山渺远，在那儿西天，该就是咸阳罢？不知咸阳城里此时怎样了呵！羽林军还是前朝百战的儿郎。但是"闾左"贱奴们的洪水太大了，太大了，咸阳城不免终究要变成大泽乡罢！

回到自己帐幕内的两位军官仍和出去时一样地苦闷空虚,嗒然若丧。他们这阶级的将要没落的黑影,顽固地罩在他们脸上。孤立,危殆,一场拼死活的恶斗,已是不成问题的铁案;问题是他们怎样先下手给敌人一个不意的致命伤。

——先斩两屯长?

——还有九百人呢?

——那,权且算作多少有一半人数是可以威胁利诱的罢?

——收缴了兵器,放起一把火罢?

当这样的意念再在两位军官的对射的目光中闪着的时候,帐外突然传来了这么不成体统的嚷闹:

"守在这里是饿死……到了渔阳……误期……也是死……大家干罢,才可以不死……将官么……让他们醉死!"

接着是一阵哄笑,再接着便是嘈嘈杂杂的听不清的话响。

两军官的脸色全变了,嘴唇有些抖颤。交换了又一次的眼色,咬嘴唇,又剔起眉毛,统治阶级的武装者的他们俩全身都涨满了杀气了,然而好像还没有十分决定怎么开始应付,却是陡地一阵夹雨的狂风揭开了帐门,将这两位,太早地并且不意地暴露在嚷闹的群众的眼前了。面对面的斗争再没有拖延缓和的可能!也是被这天公的多事微微一怔的群众们朝着帐内看了。是站着的满脸通红怒眉睁目的两个人。但只是"两个"人!

"军中不许高声！左右！拿下扰乱营房的人！"

拔出剑来的军官大声吆喝，冲着屯长之一叫做吴广的走过来了。

回答是几乎要震坍营帐那样的群众的怒吼声。也有了兵器在手的"贱奴"们今番不复驯顺！像野熊一般跳起来的吴广早抢得军官手里的剑，照准这长官拦腰一挥。剩下的一位被发狂似的部下攒住，歪牵了的嘴巴只泄出半声哼。

地下火爆发了！从营帐到营帐，响应着"贱奴"们挣断铁链的巨声。从乡村到乡村，从郡县到郡县，秦皇帝的全统治区域都感受到这大泽乡的地下火爆发的剧震。即今便是被压迫的贫农要翻身！他们的洪水将冲毁了始皇帝的一切贪官污吏，一切严刑峻法！

风是凯歌，雨是进击的战鼓，弥漫了大泽乡的秋潦是举义的檄文；从乡村到乡村，郡县到郡县，他们九百人将尽了历史的使命，将燃起一切茅屋中郁积已久的忿火！

始皇帝死而地分！

1930年10月6日上海

（原载1930年10月10日《小说月报》第21卷第10号）

喜 剧

一

"一，二，三，四，——一，二，三，四！"

青年华的手在衣袋里反复数他的全部财产：四个铜子！他虽然饿得眼睛前迸出金花，然而这个，数铜子，却还没有弄错，一，二，三，四，一二三四！的确只有四个铜子。

他托开他的乌黄的瘦手掌，很郑重地把这四枚铜子呈献给大饼摊上的山东大汉。

"那不行啦！两个烧饼卖八个子儿！还差四子儿！嗨！"

山东大汉把一只黑手在身上擦，怪生气似的说，一对圆眼睛凶猛地瞧着华的面孔。

听着这山东口音，又看见那一脸横肉，两颗闪着红光的圆眼睛，青年华忍不住打一个冷噤！五年前在××路发传单被捕时用枪柄打他的那位"八太爷"的狰相，便又在他眼前浮出来了。五年的监禁，许多老朋友的面貌渐渐从他的记忆中褪色了，但是这位"孙联帅"部下的大兵的威容,却就从那时候枪柄的一击深深地印入他的脑膜。现在刑满出狱,复为"自由之身"的第一天第一次和人发生交涉,真不料又是那样的一脸横肉,两颗凶狠的眼睛,那样的山东口音。经过了五年,这世界的一切当真并没有丝毫的改变么?他的昏惘的神经就感到自己的被捕仿佛仅是昨日的事了。

托开着的一只瘦手簌簌地抖起来了。青年华看着另一只手里的两个烧饼,吞吞吐吐地说:

"八个铜子?你不要欺人!我是常买烧饼的。昨天还是两个铜子一个——"

"哼!妈的!两子儿一个!昨天你还买?做梦!这年头儿!两子儿一个!你看,不是青天白日的世界么?什么都涨价!你奶奶做的烧饼才卖两子儿一个!"

站在烧饼摊旁边的两三个工人都笑起来了,都转过眼来打量着青年华。他们都是焦黄的脸,穿着破旧的蓝布衣服,依然是五年前青年华见惯了的那种困苦的模样。

看见青年华尽在那里发楞,卖饼的山东汉子也不再多说话,很干脆的取了那四个铜子,又取回一个烧饼,就转脸招呼别的主顾去了。青年华下意识地往地下一蹲。烧饼就往嘴里送。

"革命!革命!吃的穿的都革贵了!他妈的革命!"

青年华猛抬起头来，看见那个说话的蓝短衫工人正在那里掏出钱来买烧饼，嘴边犹自浮着一层唾沫。

革命？难道当真已经革过命么？——青年华不能相信似的向四下里张望。不远的街角飘扬着一幅"青天白日满地红"。虽然很破旧，而且已经褪色，在斜阳下的微风中发抖，可确是"青天白日满地红"，确是五年前可以算作杀头的凭证的"青天白日满地红"！青年华陡然神清气爽了，咽下最后的一口烧饼，急忙问道：

"革过命了啊，哪一年的事？"

烧饼摊的汉子以及那些个工人都一齐回过脸来，带着一种诧异的轻蔑的冷笑。青年华觉得有申说的必要了：

"哎哎——你们看！我是刚刚从西牢里放出来的。坐了五年的牢，外边的事情，我是什么都不知道。"

"想来你是共产党？"

工人中间的一个，含着一口烧饼轻声问，又对他的同伴使眼色。

"不，我是国民党员。——"

一边说，青年华站起来了，准备着背诵自己的经验，并且准备着听取别人的称赞。

但是卖烧饼的汉子做一个鬼脸，吐出浓浓的一口唾沫，忙着拿饼放到火边去烤。蓝布短衣的人们，怪样地对青年华望一眼，也就匆匆地跑开了。

信步走了十多分钟，青年华站在一座桥上了。桥那边的大建筑是总商会，他认得。那里也有一幅"青天白日满地红"的国旗懒懒地垂在旗杆上。他踌躇地踱着，不知道到什么地方去好。

猛然他想起不远就是××同乡会，而同乡会的办事人赵某却曾有一面之雅。既然无处可去，两手又空空，那就去撞一下罢。

同乡会号房的脸色就不对。瞪着眼对青年华看了半天，这才懒洋洋地回答：

"赵先生不在这里了。"

"别的办事人也行。有要紧事，一定要见一见。"

号房的脸色更加难看了。斜过眼来又对青年华打量了半晌，然后似乎十二分卖情面似的嘴巴朝墙上的圆形时钟一扭，大声说：

"你看，是什么时候了啊？三点钟停止办公，常务委员早已回家。"

什么！常务委员？青年华又诧异，又兴奋。连同乡会也是委员制了么？他这才更明晰地意识到世界确是换了一个样子了。于是他好像有了把握似的提起精神说：

"那么，我就在这里等候吧！等到明天。我没有地方去过夜。"

"不行，没有这规矩！"

"没有这规矩，也得要过一夜！"

号房冷笑了，倏地收起笑容，厉声说：

"赶快走罢！识相点！不走，就叫巡捕！"

青年华不回答，简直的就坐下来了。号房一面怒气冲冲地骂，一面就跑出去。

许是去叫巡捕罢？不管他！反正总要给我一个地方过夜。——青年华这么忖量着，心里反而泰然了。

可是意外地，号房带来的却不是巡捕，而是四十多岁的瘦男子，穿着中山装。不知道是青年华的哪一点叫人起敬，这瘦男子居然很有礼貌。

"老兄是来找赵旭老的么？有什么贵干？"

"哦，哦，——这个，有一点事——"

"老兄是初到上海罢？"

"不——我是刚从西牢里放出来的。"

"什么！西——？"

"西牢！五年前，干革命，在马路上发传单被捕，直到今天方才出来。"

"五年前？"

"是五年前。那时上海还是孙传芳的势力,那时国民革命军还没有出师北伐。"

青年华的嗓子响亮。点了,胸脯也自然而然的挺得笔直,大有凭这资格便可以到处困觉吃饭的气概。然而不幸,四十多岁的瘦男子并没有认识到青年华的这项资格,和这种价值;他在鼻子里"哼"了一声,似笑非笑地看了青年华一眼就转过脸去申斥那个号房道:

"你办公事越办越老到了啊!也不看看是什么路数,就往我这里回!来——"

说时迟,那时快,瘦男子一边拉长着那个"来"字调,一边刚要向后转走,却不料青年华已经抓住了他的胳膊。

"慢走,我的住夜问题还没有解决。"

瘦男子不动了,也不作声,两粒细眼睛咕咕地乱转。有一个当差跑进来了,号房也揞着额角的急汗挨上前来。但是瘦男子对他们挤眉弄眼,不许他们有什么动作。他的眼光很害怕似的钉住了青年华的放着右手的那个衣袋。

眼光是会说话的,青年华突然悟到了瘦男子为什么这样惴惴,忍不住仰脸狂笑起来。笑声还没有完,他猛觉得手里的那条瘦胳膊像蛇一样的滑走了,而同时几只粗壮的手却将他捉住了,一直将他拖走有丈把远。

终于站住了,青年华听得瘦男子的声音说:

"搜他的身上!"

于是搜。结果一无所得。似乎这太意外,瘦男子反倒踌躇起来,手插在衣袋里,燃着了一枝卷烟。喷出了几口白烟以后,他毅然说:

"哼!送捕房罢!在逃的共产党!"

"上捕房也不要紧,可是共产党,怎么说?"

青年华忍不住反问了。但并没有得到回答。瘦男子已经走得连影子都不见。

一个管门巡捕模样的酒糟鼻子的矮胖子走到青年华的身边,拍着他的肩膀说道:

"小伙子,走罢!有话到行里去说。白赖是不中用的!孙传芳时代发传单!那不是共产党是什么?你去问问就知道,眼前革命做官的大亨在孙传芳时代都是很安分的,从不捣乱!我亲眼看见!"

二

二十四小时以后,青年华又在热闹的马路上徘徊了。捕头只骂了他一顿,并不肯用拘押的方式来替他解决严重问题的住与食。

他也不同于昨天此时的他了。他的衣袋里已经没有四个铜子,他的脑袋里却装满了疑问。

在他的饿狠了发花的眼前,一串一串地漂浮着大大小小的耳朵形的疑问符号,他不辨方向地信步走着。

当真这世界有点换样了。女人们都剪了发,胸前高高地耸起一对乳房,脸上搽得红的红,白的白,臂膊和大腿都是光光的露在外面。影戏院异常之多,广告上竞夸着"神怪武侠新片"。

在这一切表面之下,还有什么呢?他不很明白。虽然,有一点是确定了的:已经革过命。然而这"革命"却已经跑出他所能理解的范围。

他呆呆地站在十字街头的电车站上。四周围是光臂裸腿满身香气的女人,是各种的车声和人声,是蓝的红的刺眼的电光招牌。一种说不明白的憎恨,渐渐从心头涌上来了。

突然有这样的呼声刺进他的耳朵:

"阿要看政治消息!

当日政治消息!

广东政府攻打湖南!

汪精卫勾结冯玉祥阎锡山,

阿要看:共产党攻打福建!"

青年华转过脸去,一张新闻纸在他眼前一晃,仿佛是什么

《民生日报》。在这报面上瞥见一行大题目：《总司令昨日回南京》！

立刻他的脑海中展开一张政治地图了。但这是五年前的"旧地图"，北伐军刚打到了武汉，而雄踞南京的，是姓孙的"联帅"！

把今天的印象加上昨天的印象，更加上昨天之昨天——那就是五年前他被捕当时的景象，他简直糊涂到不像人了！

肚子里早就咕咕地叫，这是比什么都急迫。怎样解决这问题呢？青年华一挥手，好像扔去了一切的"政治消息"，便又在人堆里乱挤，心里盘算着怎样方能弄到食和住。他想起孙总理的全部遗教是解决衣食住行，然而虔奉遗教的他却像丧家之狗，他不禁有点愤愤了。

这愤愤似乎很有点疗饥的功效，但同时又像一个风轮似的在他脑海里转，使他眼睛里看出来的人和物都变成了双重的轮廓。

在什么街的转角处，他一头撞在一个人的身上，两个都跌倒了。

"狗东西！瞎了眼么？"

先爬起来的一位破口大骂，用脚踢躺在地上的青年华。大概当真是饿得利害了，青年华不动，也不作声，只翻起眼睛对那个人瞧，忽然他叫道：

"是你么？金——我是华！"

他赶快跳起来。什么肚子饿，什么愤愤，一下里都逃得精光了。

三

现在青年华已经吃得很饱，并且一枝茄立克斜插在嘴角，很神气地坐在金的会客室里。

他喷了一口烟，对主人说：

"我真想不到这五年来有这么多的变化。现在我都明白了。想起我们同学的时候，你是多么持重，总不肯乱走一步，现在我佩服你毕竟是高明，见识远大！"

"啊，那时，那时，——我也无非遵守着'忍辱负重'的古训，宁可让你们骂一声'反革命'——可是，现在，你看，我还不是革命的忠实信徒！"

这样回答了的金，仰脸喷出一口烟，电灯光射在他的胖圆脸上，亮晶晶地像一个小太阳。

青年华点头微笑，一边用劲吸烟，一边看墙上挂的总理遗像，心里油然起了这样的感想：伟大的总理呀，你的遗教确不是不兑现的支票，虔奉你的遗教的人就可以解决衣食住行，而且很舒服地解决了，眼前的金，不是很好的标本么？

但是金忽地翘起大拇指在空中划一个圈，转过脸来毅然说：

"不过社会上尽有许多混账东西，还在那里口口声声说捐税太重，无法生活；嘿！他们连革命要有牺牲都不知道！这种不知不觉，不肯牺牲的人，真不配在革命政府底下做老百姓呀！"

"捐税很重么？"

青年华忍不住问了。无论如何，他还有点记得五年前惯熟了的标语口号。而且前天在大饼摊头所得的印象又很无赖地浮上了他的记忆了。幸而金并没有注意到。微微一笑，他就回答：

"可说是不轻。但是，老华，商民是踊跃输将的呀！他们知道赞助革命政府。只有无知无识的农工才要喊苦。老华，你知道革命政府发了多少公债呢？九万万！四年之内发了九万万！比北洋军阀十五年内所发的数目多上好几倍哪！这就是商民拥护政府的证据。"

于是猛吸了一口烟，金又放低了声音加一句：

"然而商民到底还是好利，所以公债的市价统扯起来只到得五折。"

于是谈话转了方向，讲到女同志，讲到跳舞场，电影明星，浴美大会，——在青年华都是闻所未闻。当真这世界是换了样了，更适宜于寻欢作乐了。

但是正像《天方夜谭》里的一个故事似的，听饱了人世间赏心乐事的青年华,却猛然省悟到自己腰间没有半文钱,并且今晚上睡的地方也还没有着落。眉尖皱起来了。他吞吞吐吐地说出这样为难的问题。他很想问这位殷勤的主人借这么十块八块,可是到底勇气不足;他只说很想找点工作,聊尽革命一份子的义务。

真不料金的眉头也皱起来了,换上一枝烟,猛力吸着,这位主人仰起脸看墙上的裸体油画。

"我也知道有点困难。刚从那边出来,党里一切情形,我还不很熟——"

既然等不到金的回答,青年华只好搭讪着再继续自己的"独白",心里却又有点抱怨孙总理的遗教了。

"哈!有了!"

突然金跳起来喊,打断了青年华的"独白",也打断了他心里的"抱怨"。翘起一个大拇指,金走到青年华的眼前,异常郑重地问:

"你不是说过昨天有人诬赖你是共产党么?"

"唉——"

"好!你就算是共产党,你就去自首罢!这么一来,你的工作问题就解决了。"

"可是我实在不是共产党!"

"哈哈,不是算作是,却也不妨。何况往嫌疑上说,你就有几分像。"

青年华愕然张大了嘴巴。

"你放心去照计行事罢。要是你的第一次,我们老朋友肯教你去冒险么?现在,时间不早,你跟我去看看跳舞场罢!"

金松一口气,将半枝香烟掷在痰盂里,就哼起《丽娃丽妲》的小曲来了。

再到了马路上时,青年华又已不同于数小时以前的他了。他的衣袋里依然没有半个铜子,他的脑袋里却也没有疑问,而是满满地装着金钱和美女了。

1931年

(原载1931年10月15日《北斗》第1卷第2期)

小 巫

一

姨太太是姓凌。但也许是姓林。谁知道呢,这种人的姓儿原就没有一定,爱姓什么就是什么。

进门来那一天,老太太正在吃孙女婿送来的南湖菱,姨太太悄悄地走进房来,又悄悄地磕下头去,把老太太吓了一跳。这是不吉利的兆头。老太太心里很不舒服。姨太太那一头乱蓬蓬的时髦头发,也叫老太太眼里难受。所以虽然没有正主儿的媳妇,老太太一边吃着菱,一边随口就叫这新来的女人一声"菱姐!"

是"菱姐!"老太太亲口这么叫,按照乡风,这年纪不过十来岁姓凌或是姓林的女人就确定了是姨太太的身份了。

菱姐还有一个娘。当老爷到上海去办货,在某某百货公司里认识了菱姐而且有过交情以后,老爷曾经允许菱姐的娘:"日后做亲戚来往。"菱姐又没有半个儿弟弟哥哥,娘的后半世靠着她。这也是菱姐跟老爷离开上海的时候说好了的。但现在一切都变了。老太太自然不认这门"亲",老爷也压根儿忘了自己说过的话。菱姐几次三番乘机会说起娘在上海不知道是怎样过日子,老爷只是装聋装哑,有时不耐烦了,他就瞪出眼睛说道:

"啧!她一个老太婆有什么开销!难道几个月工夫,她那三百块钱就用完了么?"

老爷带走菱姐时,给过她娘三百块大洋。老太太曾经因为这件事和老爷闹架。她当着十年老做的何妈面前,骂老爷道:

"到上海马路上拾了这么一个不清不白的臭货来,你也花三百块钱么?你拿洋钱当水泼!四囡出嫁的时候,你总共还花不到三百块;衣箱是假牛皮的,当天就脱了盖子,四囡夫家到现在还当做话柄讲。到底也是不吉利。四囡养了三胎,都是百日里就死掉了!你,你,现在贩黑货,总共积得这么几个钱,就大把大把的乱花!阿弥陀佛,天——雷打!"

老太太从前也是著名的"女星宿"。老爷有几分怕她。况且,想想花了三百大洋弄来的这个"菱姐",好像也不过如此,并没比镇上半开门的李二姐好多少,这钱真花得有点冤枉。老爷又疼钱又挨骂的那一股子气,就出在菱姐身上。那一回,菱姐第一次领教了老爷的拳脚。扣日子算,她被称为"菱姐"刚满两个月。

菱姐确也不是初来时那个模样儿了。镇上没有像样的理发店,更其不会烫头发。菱姐那一头烫得蓬松松的时髦头发早就困直了,一把儿扎成个鸭屁股,和镇上的女人没有什么两样。口红用完了,修眉毛的镊子弄坏了,镇上买不出,老爷几次到上海又不肯买,菱姐就一天一天难看,至少是没有什么比众不同的迷人力量。

老爷又有特别不满意菱姐的地方。那是第一次打了菱姐后两天,他喝醉了酒,白天里太阳耀光光的,他拉住了菱姐厮缠,忽然看见菱姐肚皮上有几条花纹。老爷是酒后,这来,他的酒醒了一半,问菱姐为什么肚皮上有花纹。菱姐闭着眼睛不回答。老爷看看她的奶,又看看她的眉毛,愈看愈生疑心,猛然跳起来,就那么着把菱姐拖翻在楼板上,重重的打了一顿,咬着牙根骂道:

"臭婊子!还当你是原封货呢!上海开旅馆那一夜亏你装得那么像!"

菱姐哪里敢回答半个字,只是闷住了声音哭。

这回事落进了老太太的耳朵,菱姐的日子就更加难过。明骂暗骂是老太太每天的功课。有时骂上了风,竟忘记当天须得吃素,老太太就越发拍桌子捶条凳,骂的菱姐简直不敢透气儿。黄鼠狼拖走了家里的老母鸡,老太太那口怨气也往菱姐身上呵。她的手指头直戳到菱姐脸上,厉声骂道:

"臭货!狐狸精!白天干那种事,不怕罪过!怪道黄鼠狼要拖鸡！触犯了太阳菩萨，看你不得好死！不要脸的骚货！"

老爷却不怕太阳菩萨。虽然他的疑心不能断根，他又偏偏常要看那叫他起疑的古怪花纹。不让他看时一定得挨打，让他看了，他喘过气后也要拧几把。这还算是他并没起恶心。碰到他不高兴时，老大的耳括子刷几下，咕噜咕噜一顿骂。一个月的那几天里，他也不放菱姐安静。哀求他："等过一两天罢！"没有一次不是白说的。

菱姐渐渐得了一种病。眼睛前时常一阵一阵发黑，小肚子隐隐地痛。告诉了老爷。老爷冷笑，说这不算病。老太太知道了，又是逢到人便三句两头发作：

"骚货自己弄出来的病！天老爷有眼睛！三百块钱丢在水里也还响一声！"

二

老爷为的贩"货"，上海这条路每月总得去一次，三天五天，或是一星期回来，都没准。那时候，菱姐直乐得好比刀下逃命的犯人。虽然老太太的早骂夜骂是比老爷在家时还要凶，可是菱姐近来一天怕似一天的那桩事，总算没有人强逼她了。和她年纪仿佛的少爷也是个馋嘴。小丫头杏儿见少爷是老鼠见了猫儿似的会浑身发抖。觑着没有旁人，少爷也要偷偷地搔菱姐的手掌心,或是摸下巴。菱姐不敢声张,只是涨红了脸逃走。少爷望着她逃走了,却也不追。

比少爷更难对付的,是那位姑爷——老太太常说的那个四囡的丈夫。看样子,就知道他的牛劲儿也和老爷差不多。他也叫她"菱姐"。即使是在那样厉害的老太太跟前,他也敢在桌子底下拧菱姐的腿儿。菱姐躲这位姑爷,就和小杏儿躲少爷差不多。

姑爷在镇上的公安局里有点差使。老爷不在家的时候,姑爷来的更勤,有时腰间挂一个小皮袋,菱姐认得那里面装的是手枪。那时候,菱姐的心就卜卜乱跳,又觉得还是老爷在家好了,她盼望老爷立刻就回家。

镇上有保卫团,老爷又是这里面的什么"董"。每逢老爷从上海办"货"回来,那保卫团里的什么"队长"就来见老爷。队长是两个,贼忒忒的两对眼睛也是一有机会就往菱姐身上溜。屋子里放着两个大蒲包,就是老爷从上海带来的"货"。有一次,老爷听两个队长说了半天话,忽然生气喊道:

"什么!他坐吃二成,还嫌少,还想来生事么?他手下的几个痨病鬼,中什么用!要是他硬来,我们就硬对付!明天轮船上有一百斤带来,你们先去守口子,打一场也不算什么,是他们先不讲交情!——明天早晨五点钟!你们起一个早。是大家的公事,不要怕辛苦!"

"弟兄们——"

"打胜了,弟兄们每人赏一两土!"

老爷不等那队长说完,就接口说,还是很生气的样子。

菱姐站在门后听得出神,不防有人在她肩头拧了一把。"啊哟——"菱姐刚喊出半声来,立刻缩住了。拧她的不是别人,是姑爷!淫邪的眼光钉住在菱姐脸上,好像要一口吞下她。可是那门外又有老爷!菱姐的心跳得忒忒地响。

姑爷勉强捺住一团火,吐一口唾沫,也就走了。他到前面和老爷叽叽咕咕说了半天话。后来听得老爷粗声大气说:

"混账东西!那就干了他!明天早上,我自己去走一趟。"

于是姑爷怪声笑。菱姐听去那笑声就像猫头鹰叫。

这天直到上灯时光,老爷的脸色铁青,不多说话。他拿出一枝手枪来,拆卸机件,看了半天,又装好,又上足了子弹,几次拿在手里,瞄准了,像要放。菱姐走过他身边时,把不住腿发抖。没等到吃夜饭,老爷就带着枪出去了。菱姐心口好像压了一块石头,想来想去只是害怕。

老太太坐在一个小小的佛龛前,不出声的念佛,手指尖掐着那一串念佛珠,掐得非常快。佛龛前燃旺了一炉檀香。

捱到二更过,老爷回来了,脸色是青里带紫,两只眼睛通红,似乎比平常小了一些,头上是热腾腾的汗气。离开他三尺就嗅到酒味。他从腰里掏出那枝手枪来，拍的一声掼在桌子上。菱姐抖着手指替他脱衣服。老爷忽然摆开一只臂膊，卷住了菱姐的腰，提空了往床上掷去，哈哈地笑起来了。这是常有的事，然而此刻却意外。菱姐不知道是吉是凶，躺在床上不敢动。老爷走近来了，发怒似的扯开了菱姐的衣服，右手捏定那枝乌油油的手枪。菱姐吓得手脚都软了，眼睛却睁得挺大。衣服都剥光，那冰冷的枪口就按在菱姐胸脯上。菱姐浑身直抖，听得老爷说：

"先拿你来试一下，看老子的枪好不好。"

菱姐耳朵里嗡一声响，两行眼泪淌下她的面颊。

"没用的骚货，怕死么？嘿——老子还要留着玩几天呢！"

老爷怪声笑着说，随手把枪移下去，在菱姐的下部戳了一下，菱姐痛叫一声，自以为已经死了。老爷一边狞笑，一边把口一张，就吐了菱姐一身和一床。老爷身体一歪，就横在床里呼呼地睡着了。

菱姐把床铺收拾干净，缩在床角里不敢睡，也不能睡。她此时方才觉得刚才要是砰的一枪，对穿了胸脯，倒也干净。她偷偷地拿起那枝手枪来，看了一会儿，闭了眼睛，心跳了一会儿，到底又放开了。

四更过后，大门上有人打得蓬蓬响。老爷醒了，瞪直眼睛听了一会儿，捞起手枪来跑到窗口，开了窗喝道：

"你妈的!不要吵吵闹闹!"

"人都齐了!"

隔着一个天井的大门外有人回答。老爷披上皮袍,不扣钮子,拦腰束了一条绉纱大带子,收紧了,插上手枪,就匆匆地下去。菱姐听得老爷在门外和许多人问答了几句。又听得老爷骂"混蛋",全伙儿都走了。

菱姐看天上。疏落落几点星,一两朵冻住了的灰白云块。她打了一个寒噤,迷迷胡胡回到床上,拉被窝来盖了下身,心里想还是不要睡着好,可是不多时就蒙胧起来,靠在床栏上的头,歪搁在肩膀上了。她立刻就做梦:老爷又开枪打她,又看见娘,娘抱住了她哭,娘发狂似的抱她……菱姐一跳惊醒来,没有了娘,却确是有人压在她身上,煤油灯光下她瞥眼看见了那人的面孔,她吓得脸都黄了。

"少爷!你——"

她避过那拱上她面孔来的嘴巴,她发急地叫。

少爷不作声,两手扭过菱姐的面孔来,眼看着菱姐的眼睛,又把嘴唇拱上去。菱姐的心乱跳,喘着气说:

"你不走,我就要叫人了!"

"看你叫!老头子和警察抢土,打架去了;老奶奶不来管这闲事!"

少爷贼忒忒地说，也有点气喘。他虽然也不过十六七岁，力气却比菱姐大。

"你——这是害我——"

菱姐含着眼泪轻声说，任凭他摆布。

忽然街上有乱哄哄的人声，从远而近；接着就听得大门上蓬蓬地打得震天响。菱姐心里那一急，什么都不顾了。她猛一个翻身，推落了少爷，就跑去关房门。没等她关上，少爷也已经跑到房门边，只说一句"你弄昏了么？"就溜出去了。

菱姐胡乱套上一件衣，就把被窝蒙住了头，蜷曲在床里发抖。听楼底下是嚷得热闹。一会儿，就嚷到她房门外。菱姐猛跳起来，横了心，开房门一看，五六个人，内中有老爷和姑爷。

老爷是两个人抬着。老爷的皮袍前襟朝外翻转，那雪白的滩皮长毛上有一堆血冻结了。把老爷放在床上后，那几个都走了，只留着姑爷和另一个，那是队长。老爷在床上像牛叫似的唤痛。队长过去张一眼，说道：

"这伤，镇上恐怕医不好。可是那一枪真怪；他们人都在前面，这旁边打来的一枪真怪！这不是流弹。开枪的人一定是瞄准了老头子放。可是那狗局长也被我们干得痛快！"

菱姐蹲在床角里却看见队长背后的姑爷扁着嘴巴暗笑。

老太太在楼底下摔家具嚷骂：

"报应得好！触犯太阳菩萨！都是那臭货！进门来那一天，我就知道不吉利！请什么郎中，打死那臭货就好了！打死她！"

三

日高三丈，镇上人乱哄哄地都说强盗厉害。商会打长途电话给县里，说是公安局长"捕盗"阵亡，保卫团董"协捕"也受重伤。县里转报到省，强盗就变成了土匪，"聚众二三百，出没无常，枪械犀利"。省里据报，调一连保安队来"痛剿"。

保安队到镇那一天，在街上走过，菱姐也看见。她不大明白这些兵是来帮老爷的呢，还是来帮姑爷。不知道凭什么，她认定老爷是被姑爷偷偷地打了一枪。可是她只放在肚子里想，便是少爷面前她也不曾说过。

老爷的伤居然一天一天好起来了。小小一颗手枪子弹还留在肉里，伤口却已经合缝。菱姐惟恐老爷好全了，又要强逼她。

背着人，她要少爷想个法子救她。少爷也没有法子，反倒笑她。

又过了几天，老爷能够走动了。菱姐心慌得饭都吃不下。

老爷却也好像有心事，不和菱姐过分厮缠。队长中间的一个，常来和老爷谈话，声音很低。老爷时常皱眉头。有一次，菱姐在旁边给老爷弄燕窝，听得那队长说：

"商会里每天要供应他们三十桌酒饭,到现在半个多月,商会里也花上两千多块钱了。商会里的会长老李也是巴不得他们马上就开拔,可是那保安队的连长说:上峰是派他来剿匪的,不和土匪见一仗,他们不便回去销差。——"

"哼!他妈的销差!"

老爷咬紧了牙根说,可是眉头更皱得紧了。队长顿一下,挨到老爷耳朵边又说了几句,老爷立刻跳起来喊道:

"什么!昨天他们白要了三十两川土去,今天他们得步进步了么?混蛋!"

"还有一层顶可恶。他们还在半路里抢!我们兄弟派土到几家大户头老主顾那里去,都被他们半路里强抢去了。他们在这里住了半个月,门路都熟了!"

"咄!那不是反了!?"

老爷重拍一下桌子,气冲冲说,脸上的红筋爆起,有小指头那么粗。菱姐看着心里发慌,好像老爷又要拿枪打她。

"再让他们住上半个月,我们的生意全都完了!总得赶快想法子!"

队长叹一口气说。老爷跟着也叹一口气。后来两个人又唧唧哝哝地说了半天,菱姐看见老爷脸上有点喜色,不住的点头。临走的时候,那队长忽然叫着老爷的诨名说道:

"太岁爷，你放心！我们悄悄地装扮好了去，决不会露马脚！还是到西北乡去的好，那里的乡下老还有点油水，多少我们也补贴补贴。"

"那么，我们巡风的人要格外小心。打听得他们拔队出镇，我们的人就得赶快退；不要当真和他们交上一手，闹出笑话来！"

老爷再三叮嘱过后，队长就走了。老爷板起脸孔坐在那里想了半晌，就派老妈子去找姑爷来。菱姐听说到"姑爷"，浑身就不自在。她很想把自己心里疑惑的事对老爷说，但是她到底没有说什么，只自管避开了。

姑爷和老爷谈了一会儿，匆匆忙忙就去。在房门边碰到菱姐时，姑爷做一个鬼脸，露出一口大牙齿望着菱姐笑。菱姐浑身汗毛直竖，就像看见一条吐舌头的毒蛇。

晚饭时，老爷忽然又喝酒。菱姐给老爷斟一杯，心里就添一分忧愁。她觉得今晚上又是难星到了。却是作怪，老爷除了喝酒以外，并没别的举动。老爷这次用小杯，喝的很慢很文雅，时时放下杯子，侧着耳朵听。到初更时分，忽然街上来了蒲达蒲达的脚步声，中间夹着有人喊口令。老爷酒也不喝了，心事很重的样子歪在床上叫菱姐给他捶腿。又过了许多时候，远远地传来劈拍劈拍的枪声。老爷蓦地跳起来，跑到窗前看。西北角上隐隐有一片火光。老爷看过一会儿,就自己拿大碗倒酒喝了一碗,摇摇头,伸开两只臂膊。菱姐知道这是老爷要脱衣服了,心里不由的就发抖。但又是作怪,老爷躺在床上让菱姐捶了一会腿,竟自睡着了。

第二天,菱姐在厨房里听得挑水的癞头阿大说,昨夜西北乡到了土匪,保安队出去打了半夜,捉了许多通土匪的乡下人来,还有一个受伤的土匪,都押在公安局里。

老太太又在前面屋子里拍桌子大骂:

"宠了个妖精,就和嫡亲女婿生事了!触犯太阳菩萨——"

菱姐把桂圆莲子汤端上楼去,刚到房门外,就听得老爷厉声说道:

"你昏了!对我说这种话!"

"可是上回那一枪你还嫌不够?"

是姑爷的咬紧了牙齿的声音;接连着几声叫人发抖的冷笑,也是姑爷的声音。菱姐心乱跳,腿却还在走,可是,看见姑爷一扬手就是乌油油的一枝手枪对准了老爷,菱姐腿一软,浑身的血就都好像冻住。只听得老爷喝一声:

"杀胚!你敢——"

砰!

菱姐在这一声里就跌在房门边,她还看见姑爷狞起脸孔,大踏步从她身边走过,以后她就人事不知。

四

枪杀的是老爷,不是菱姐;但菱姐却病了,神智不清。她有两天工夫,热度非常高;脸像喝酒一般通红,眼睛水汪汪地直瞪。她简直没有吃东西。胡言乱语,人家听不懂。第三天好些了,人是很乏力似的,昏昏地睡觉。快天黑的时候,她忽然醒来觉得很口渴,她看见小杏儿爬在窗前看望。她不明白自己为什么躺在床上;过去的事,她完全忘了。她想爬起来,可是身体软得很。

"杏儿!爬在那里看什么?留心老爷瞧见了打你呢!"

菱姐轻声说,又觉得肚子饿。小杏儿回头来看着她笑。过了一会儿,小杏儿贼忒嘻嘻地说道:

"老爷死了!喏——就横在这里的,血,一大滩!"

菱姐打一个寒噤,她的记忆回复过来了。她的心又卜卜跳,她又不大认得清人,她又迷迷胡胡像是在做梦了。她看见老爷用枪口戳在她胸脯上,她又看见姑爷满脸杀气举起枪对准了老爷,末后,她看见一个面孔——狞起了眉毛的一个面孔,对准她瞧。是姑爷!菱姐觉得自己是喊了,但自己听得那喊声就像是隔着几重墙。这姑爷的两只手也来了,揭去被窝,就剥她的衣服。她觉得手和腿都不是她的了。后来,她又昏迷过去了。

这回再清醒过来时,菱姐自以为已经死了。房里已经点了灯。有一个人影横在床上。菱姐看明白那人是少爷,背着灯站在床前,离她很近。菱姐呻吟着说:

"我不是死了么?"

"哪里就会死呢!"

菱姐身体动一下,更轻声的说:

"我——记得——姑爷——"

"他刚刚出去。我用一点小法儿骗他走。"

"你这——小鬼!"

菱姐让少爷嗅她的面孔,轻声说,她又觉得肚子饿了。

听少爷说,菱姐方才知道老爷的"团董"位子已经由姑爷接手。而且在家里,姑爷也是什么事都管了去。菱姐怔了一会儿,忍不住问少爷道:

"你知道老爷是怎样死的?"

"老头子是自己不小心,手枪走火,打了自己。"

"谁说的?"

"姐夫说的。老奶奶也是这么说。她说老头子触犯了太阳菩萨,鬼使神差,开枪打了自己。还有,你也触犯太阳菩萨。老头子死了要你到阴间阎王前去做见证,你也死去了两三天,就为的这个。"

菱姐呆起脸想了半天，然后摇摇头，把嘴唇凑在少爷耳朵上说：

"不是的！老爷不是自己打的！你可不要说出去，——我明明白白看见，是姑爷开枪打死了老爷的！"

少爷似信不信地看着菱姐的面孔。过一会儿，他淡淡的说：

"管他是怎样死的。死了就算了！"

"嗳，我知道姑爷总有一天还要打死你！也有一天要打死我。"

少爷不作声了，眯细了眼睛看菱姐的面孔。

"总有一天他要打的。要是他知道了我和你——有这件事！"

菱姐说着，就轻轻叹一口气。少爷低了头，没有主意。菱姐又推少爷道：

"看你还赖着不肯走！他要回来了！"

"嘻，你想他回来么？今天他上任，晚上他们请他在半开门李二姐那里喝酒，还回来么？嘿，你还想他回来呢！"

"嚼舌头——"

菱姐骂了一声，也就不再说什么。可是少爷到底有点胆怯，鬼混了一阵，也就走了。菱姐昏昏沉沉睡了不知多少时候，被一个人推醒来,就听得街上人声杂乱,劈拍劈拍的声音很近,就像大年夜放鞭炮似的。那人却是少爷,脸色慌张,拉起菱姐来,一面慌慌张张的说:

"当真是土匪来了!你听!枪声音!就在西栅口打呢!"

菱姐心慌,说不出话来,只瞪直了眼睛看窗外。一抹金黄色的斜阳正挂在窗外天井里的墙角。少爷催她穿衣服,一面又说下去:

"前次老头子派人到西北乡去抢了,又放火;保安队又去捉了几个乡下人来当做土匪;这回真是土匪来了!土匪里头就有前次遭冤枉的老百姓,他们要杀到我们的家里来——"

一句话没完,猛听得街上发起喊来。夹着店铺子收市关店的木板碰撞的声音。少爷撇下了菱姐,就跑下楼去。菱姐抖着腿,挨到靠街的一个窗口去张望,只见满街都是保安队,慌慌张张乱跑,来不及"上板"关门的铺子里就有他们在那里抢东西。砰!砰!他们朝关紧的店门乱放枪。菱姐腿一软,就坐在楼板上了。恰好这时候,少爷又跑进来了,一把拖住菱姐就走,气喘喘地喊道:

"土匪打进镇了!姐夫给乱枪打死!——嗳,怎么的,你的两条腿!"

老太太还跪在那小小的佛龛跟前磕头。少爷不管,死拖住了菱姐从后门走了。菱姐心里不住的自己问自己:"到哪里去?到哪里去?"可是她并没问出口,她又想着住在上海的娘,两行眼泪淌过她的灰白的面颊。

突然,空中响着嗤,嗤,嗤的声音。一颗流弹打中了少爷。像一块木头似的,少爷跌倒了,把菱姐也拖翻在地。菱姐爬一步,朝少爷看时,又一颗流弹来了,穿进她的胸脯。菱姐脸上的肉一歪,不曾喊出一声,就仰躺在地上不动了,她的嘴角边闪过了似恨又似笑的些微皱纹。

这时候,他们原来的家里冲上一道黑烟,随后就是一亮,火星乱飞。

1932年2月29日

(原载1932年6月1日《读书杂志》第2卷第6期)

林家铺子

一

林小姐这天从学校回来就撅起着小嘴唇。她掼下了书包,并不照例到镜台前梳头发搽粉,却倒在床上看着帐顶出神。小花噗的也跳上床来,挨着林小姐的腰部摩擦,咪呜咪呜地叫了两声。林小姐本能地伸手到小花头上摸了一下,随即翻一个身,把脸埋在枕头里,就叫道:

"妈呀!"

没有回答。妈的房就在间壁,妈素常疼爱这唯一的女儿,听得女儿回来就要摇摇摆摆走过来问她肚子饿不饿,妈留着好东西呢,——再不然,就差吴妈赶快去买一碗馄饨。但今天却作怪,妈的房间明明有说话的声音,并且还听得妈在打呃,却是妈连回答也没有一声。

林小姐在床上又翻一个身,翘起了头,打算偷听妈和谁谈话,是那样悄悄地放低了声音。

然而听不清,只有妈的连声打呃,间歇地飘到林小姐的耳朵。忽然妈的嗓音高了一些,似乎很生气,就有几个字听得很分明:

——这也是东洋货,那也是东洋货,呃!……

林小姐猛一跳,就好像理发时候颈脖子上粘了许多短头发似的浑身都烦躁起来了。正也是为了这东洋货问题,她在学校里给人家笑骂,她回家来没好气。她一手推开了又挨到她身边来的小花,跳起来就剥下那件新制的翠绿色假毛葛驼绒旗袍来,拎在手里抖了几下,叹一口气。据说这怪好看的假毛葛和驼绒都是东洋来的。她撩开这件驼绒旗袍,从床下拖出那口小巧的牛皮箱来,赌气似的扭开了箱子盖,把箱子底朝天向床上一撒,花花绿绿的衣服和杂用品就滚满了一床。小花吃了一惊,噗的跳下床去,转一个身,却又跳在一张椅子上蹲着望住它的女主人。

林小姐的一双手在那堆衣服里抓捞了一会儿,就呆呆地站在床前出神。这许多衣服和杂用品越看越可爱,却又越看越像是东洋货呢!全都不能穿了么?可是她——舍不得,而且她的父亲也未必肯另外再制新的!林小姐忍不住眼圈儿红了。她爱这些东洋货,她又恨那些东洋人;好好儿的发兵打东三省干么呢?不然,穿了东洋货有谁来笑骂。

"呃——"

忽然房门边来了这一声。接着就是林大娘的摇摇摆摆的瘦身形。看见那乱丢了一床的衣服，又看见女儿只穿着一件绒线短衣站在床前出神，林大娘这一惊非同小可。心里愈是着急，她那个"呃"却愈是打得多，暂时竟说不出半句话来。

林小姐飞跑到母亲身边，哭丧着脸说：

"妈呀！全是东洋货，明儿叫我穿什么衣服？"

林大娘摇着头只是打呃，一手扶住了女儿的肩膀，一手揉磨自己的胸脯，过了一会儿，她方才挣扎出几句话来：

"阿囡，呃，你干么脱得——呃，光落落？留心冻——呃——我这毛病，呃，生你那年起了这个病痛，呃，近来越发凶了！呃——"

"妈呀！你说明儿我穿什么衣服？我只好躲在家里不出去了，他们要笑我，骂我！"

但是林大娘不回答。她一路打呃，走到床前拣出那件驼绒旗袍来，就替女儿披在身上，又拍拍床，要她坐下。小花又挨到林小姐脚边，昂起了头，眯细着眼睛看看林大娘，又看看林小姐；然后它懒懒地靠到林小姐的脚背上，就林小姐的鞋底来磨擦它的肚皮。林小姐一脚踢开了小花，就势身子一歪，躺在床上，把脸藏在她母亲的身后。

暂时两个都没有话。母亲忙着打呃，女儿忙着盘算"明天怎样出去";这东洋货问题不但影响到林小姐的所穿,还影响到她的所用;据说她那只常为同学们艳羡的化妆皮夹以及自动铅笔之类,也都是东洋货,而她却又爱这些小玩意儿的!

"阿囡,呃——肚子饿不饿?"

林大娘坐定了半晌以后,渐渐少打几个呃了,就又开始她日常的疼爱女儿的老功课。

"不饿。嗳,妈呀,怎么老是问我饿不饿呢,顶要紧是没有了衣服明天怎样去上学!"

林小姐撒娇说,依然那样拳曲着身体躺着,依然把脸藏在母亲背后。

自始就没弄明白为什么女儿尽嚷着没有衣服穿的林大娘现在第三次听得了这话儿,不能不再注意了,可是她那该死的打呃很不作美地又连连来了。恰在此时林先生走了进来,手里拿着一张字条儿,脸上乌霉霉地像是涂着一层灰。他看见林大娘不住地打呃,女儿躺在满床乱丢的衣服堆里,他就料到了几分,一双眉头就紧紧地皱起。他唤着女儿的名字说道:

"明秀,你的学校里有什么抗日会么?刚送来了这封信。说是明天你再穿东洋货的衣服去,他们就要烧呢——无法无天的话语,咳……"

"呃——呃!"

"真是岂有此理，哪一个人身上没有东洋货，却偏偏找定了我们家来生事！哪一家洋广货铺子里不是堆足了东洋货，偏是我的铺子犯法，一定要封存！咄！"

林先生气愤愤地又加了这几句，就颓然坐在床边的一张椅子里。

"呃，呃，救苦救难观世音，呃——"

"爸爸，我还有一件老式的棉袄，光景不是东洋货，可是穿出去人家又要笑我。"

过了一会儿，林小姐从床上坐起来说，她本来打算进一步要求父亲制一件不是东洋货的新衣，但瞧着父亲的脸色不对，便又不敢冒昧。同时，她的想象中就展开了那件旧棉袄惹人讪笑的情形，她忍不住哭起来了。

"呃，呃——啊哟！——呃，莫哭，——没有人笑你——呃，阿囡……"

"阿秀，明天不用去读书了！饭快要没得吃了，还读什么书！"

林先生懊恼地说，把手里那张字条儿扯得粉碎，一边走出房去，一边叹气跺脚。然而没多几时，林先生又匆匆地跑了回来，看着林大娘的面孔说道：

"橱门上的钥匙呢？给我！"

林大娘的脸色立刻变成灰白,瞪出了眼睛望着她的丈夫,永远不放松她的打呃忽然静定了半晌。

"没有办法,只好去斋斋那些闲神野鬼了——"

林先生顿住了,叹一口气,然后又接下去说:

"至多我花四百块。要是党部里还嫌少,我拼着不做生意,等他们来封!——我们对过的裕昌祥,进的东洋货比我多,足足有一万多块钱的码子呢,也只花了五百块,就太平无事了。——五百块!算是吃了几笔倒账罢!——钥匙!咳!那一个金项圈,总可以兑成三百块……"

"呃,呃,真——好比强盗!"

林大娘摸出那钥匙来,手也颤抖了,眼泪扑簌簌地往下掉。林小姐却反不哭了,瞪着一对泪眼,呆呆地出神,她恍惚看见那个曾经到她学校里来演说而且饿狗似的盯住看她的什么委员,一个怪叫人讨厌的黑麻子,捧住了她家的金项圈在半空里跳,张开了大嘴巴笑。随后,她又恍惚看见这强盗似的黑麻子和她的父亲吵嘴,父亲被他打了,……

"啊哟!"

林小姐猛然一声惊叫,就扑在她妈的身上。林大娘慌得没有工夫尽打呃,挣扎着说:

"阿囡,呃,不要哭,——过了年,你爸爸有钱,就给你制新衣服，——呃，那些狠心的强盗！都咬定我们有钱，呃，一年一年亏空，你爸爸做做肥田粉生意又上当，呃——店里全是别人的钱了。阿囡，呃，呃，我这病，活着也受罪，——呃，再过两年，你十九岁，招得个好女婿。呃，我死也放心了！——救苦救难观世音菩萨！呃——"

二

第二天，林先生的铺子里新换过一番布置。将近一星期不曾露脸的东洋货又都摆在最惹眼的地位了。林先生又摹仿上海大商店的办法，写了许多"大廉价照码九折"的红绿纸条，贴在玻璃窗上。这天是阴历腊月二十三，正是乡镇上洋广货店的"旺月"。不但林先生的额外支出"四百元"指望在这时候捞回来，就是林小姐的新衣服也靠托在这几天的生意好。

十点多钟，赶市的乡下人一群一群的在街上走过了，他们臂上挽着篮，或是牵着小孩子，粗声大气地一边在走，一边在谈话。他们望到了林先生的花花绿绿的铺面，都站住了，仰起脸，老婆唤丈夫，孩子叫爹娘，啧啧地夸羡那些货物。新年快到了，孩子们希望穿一双新袜子，女人们想到家里的面盆早就用破，全家合用的一条面巾还是半年前的老家伙，肥皂又断绝了一个多月，趁这里"卖贱货"，正该买一点。林先生坐在账台上，抖擞着精神,堆起满脸的笑容,眼睛望着那些乡下人,又带哨着自己铺子里的两个伙计,两个学徒,满心希望货物出去,洋钱进来。但是这些乡下人看了一会,指指点点夸羡了一会,竟自懒洋洋地走到斜对门的裕昌祥铺面前站住了再看。林先生伸长了脖子,望到那班乡下人的背影,眼睛里冒出火来。他恨不得拉他们回来!

"呃——呃——"

坐在账台后面那道分隔铺面与"内宅"的蝴蝶门旁边的林大娘把勉强忍住了半晌的"呃"放出来。林小姐倚在她妈的身边,呆呆地望着街上不作声,心头却是卜卜地跳;她的新衣服至少已经走脱了半件。

林先生赶到柜台前睁大了妒忌的眼睛看着斜对门的同业裕昌祥。那边的四五个店员一字儿摆在柜台前,等候做买卖。但是那班乡下人没有一个走近到柜台边,他们看了一会儿,又照样的走过去了。林先生觉得心头一松,忍不住望着裕昌祥的伙计笑了一笑。这时又有七八人一队的乡下人走到林先生的铺面前,其中有一位年青的居然上前一步,歪着头看那些挂着的洋伞。林先生猛转过脸来,一对嘴唇皮立刻嘻开了;他亲自兜揽这位意想中的顾客了:

"喂,阿弟,买洋伞么?便宜货,一只洋卖九角!看看货色去。"

一个伙计已经取下了两三把洋伞,立刻撑开了一把,热刺刺地塞到那年青乡下人的手里,振起精神,使出夸卖的本领来:

"小当家,你看!洋缎面子,实心骨子,晴天,落雨,耐用好看!九角洋钱一顶,再便宜没有了!……那边是一只洋一顶,货色还没有这等好呢,你比一比就明白。"

那年青的乡下人拿着伞,没有主意似的张大了嘴巴。他回过头去望着一位五十多岁的老头子,又把手里的伞撅了一撅,似乎说:"买一把罢?"老头子却老大着急地吆喝道:

"阿大!你昏了,想买伞!一船硬柴,一古脑儿只卖了三块多钱,你娘等着量米回去吃,哪有钱来买伞!"

"货色是便宜。没有钱买!"

站在那里观望的乡下人都叹着气说,懒洋洋地都走了。那年青的乡下人满脸涨红,摇一下头,放了伞也就要想走,这可把林先生急坏了,赶快让步问道:

"喂,喂,阿弟,你说多少钱呢?——再看看去,货色是靠得住的!"

"货色是便宜,钱不够。"

老头子一面回答,一面拉住了他的儿子,逃也似的走了。林先生苦着脸,踱回到账台里,浑身不得劲儿。他知道不是自己不会做生意,委实是乡下人太穷了,买不起九毛钱的一顶伞。他偷眼再望斜对门的裕昌祥，也还是只有人站在那里看，没有人上柜台买。裕昌祥左右邻的生泰杂货店万牲糕饼店那就简直连看的人都没有半个。一群一群走过的乡下人都挽着篮子，但篮子里空无一物；间或有花蓝布的一包儿，看样子就知道是米；甚至一个多月前乡下人收获的晚稻也早已被地主们和高利贷的债主们如数逼光，现在乡下人不得不一升两升的量着贵米吃。这一切，林先生都明白，他就觉得自己的一份生意至少是间接的被地主和高利贷者剥夺去了。

时间渐渐移近正午，街上走的乡下人已经很少了，林先生的铺子就只做成了一块多钱的生意，仅仅足够开销了"大廉价照码九折"的红绿纸条的广告费。林先生垂头丧气走进"内宅"去，几乎没有勇气和女儿老婆相见。林小姐含着一泡眼泪，低着头坐在屋角；林大娘在一连串的打呃中，挣扎着对丈夫说：

"花了四百块钱，——又忙了一个晚上摆设起来，呃，东洋货是准卖了，却又生意清淡，呃——阿囡的爷呀！……吴妈又要拿工钱——"

"还只半天呢！不要着急。"

林先生勉强安慰着，心里的难受，比刀割还厉害。他闷闷地踱了几步。所有推广营业的方法都想遍了，觉得都不是路。生意清淡，早已各业如此，并不是他一家呀；人们都穷了，可没有法子。但是他总还希望下午的营业能够比较好些。本镇的人家买东西大概在下午。难道他们过新年不买些东西？只要他们存心买，林先生的营业是有把握的。毕竟他的货物比别家便宜。

是这盼望使得林先生依然能够抖擞着精神坐在账台上守候他意想中的下午的顾客。

这下午照例和上午显然不同：街上并没很多的人，但几乎每个人都相识，都能够叫出他们的姓名，或是他们的父亲和祖父的姓名。林先生靠在柜台上，用了异常温和的眼光迎送这些慢慢地走着谈着经过他那铺面的本镇人。他时常笑嘻嘻地迎着常有交易的人喊道：

"呵，××哥，到清风阁去吃茶么？小店大放盘，交易点儿去！"

有时被唤着的那位居然站住了，走上柜台来，于是林先生和他的店员就要大忙而特忙，异常敏感地伺察着这位未可知的顾客的眼光，瞧见他的眼光瞥到什么货物上，就赶快拿出那种货物请他考较。林小姐站在那对蝴蝶门边看望，也常常被林先生唤出来对那位未可知的顾客叫一声"伯伯"。小学徒送上一杯便茶来，外加一枝小联珠。

在价目上，林先生也格外让步；遇到那位顾客一定要除去一毛钱左右尾数的时候，他就从店员手里拿过那算盘来算了一会儿，然后不得已似的把那尾数从算盘上拨去，一面笑嘻嘻地说：

"真不够本呢！可是老主顾，只好遵命了。请你多作成几笔生意罢！"

整个下午就是这么张罗着过去了。连现带赊，大大小小，居然也有十来注交易。林先生早已汗透棉袍。虽然是累得那么着，林先生心里却很愉快。他冷眼偷看斜对门的裕昌祥，似乎赶不上自己铺子的"热闹"。常在那对蝴蝶门旁边看望的林小姐脸上也有些笑意，林大娘也少打几个呃了。

快到上灯时候，林先生核算这一天的"流水账"；上午等于零，下午卖了十六元八角五分，八块钱是赊账。林先生微微一笑，但立即皱紧了眉头了；他今天的"大放盘"确是照本出卖，开销都没着落，官利更说不上。他呆了一会儿，又开了账箱，取出几本账簿来翻着打了半天算盘；账上"人欠"的数目共有一千三百余元，本镇六百多，四乡七百多；可是"欠人"的客账，单是上海的东升字号就有八百，合计不下二千哪！林先生低声叹一口气，觉得明天以后如果生意依然没见好，那他这年关就有点难过了。他望着玻璃窗上"大放盘照码九折"的红绿纸条，心里这么想："照今天那样当真放盘，生意总该会见好；亏本么？没有生意也是照样的要开销。只好先拉些主顾来再慢慢儿想法提高货码……要是四乡还有批发生意来，那就更好！——"

突然有一个人来打断林先生的甜蜜梦想了。这是五十多岁的一位老婆子，巍颤颤地走进店来，手里拿着一个小小的蓝布包。林先生猛抬起头来，正和那老婆子打一个照面，想躲避也躲避不及，只好走上前去招呼她道：

"朱三太，出来买过年东西么？请到里面去坐坐。——阿秀，来扶朱三太。"

林小姐早已不在那对蝴蝶门边了，没有听到。那朱三太连连摇手，就在铺面里的一张椅子上坐了，郑重地打开她的蓝布手巾包，——包里仅有一扣折子，她抖抖簌簌地双手捧了，直送到林先生的鼻子前，她的瘪嘴唇扭了几扭，正想说话，林先生早已一手接过那折子，同时抢先说道：

"我晓得了。明天送到你府上罢。"

"哦，哦；十月，十一月，十二月，一总是三个月，三三得九，是九块罢？——明天你送来？哦，哦，不要送，让我带了去。嗯！"

朱三太扭着她的瘪嘴唇，很艰难似的说。她有三百元的"老本"存在林先生的铺里，按月来取三块钱的利息，可是最近林先生却拖欠了三个月，原说是到了年底总付，明天是送灶日，老婆子要买送灶的东西，所以亲自上林先生的铺子来了。看她那股扭起了一对瘪嘴唇的劲儿，光景是钱不到手就一定不肯走。

林先生抓着头皮不作声。这九块钱的利息,他何尝存心白赖,只是三个月来生意清淡,每天卖得的钱仅够开伙食,付捐税,不知不觉就拖欠下来了。然而今天要是不付,这老婆子也许会就在铺面上嚷闹,那就太丢脸,对于营业的前途很有影响。

"好,好,带了去罢,带了去罢!"

林先生终于斗气似的说,声音有点儿梗咽。他跑到账台里,把上下午卖得的现钱归并起来,又从腰包里掏出一个双毫,这才凑成了八块大洋,十角小洋,四十个铜子,交付了朱三太。当他看见那老婆子把这些银洋铜子郑重地数了又数,而且抖抖簌簌地放在那蓝布手巾上包了起来的时候,他忍不住叹一口气,异想天开地打算拉回几文来;他勉强笑着说:

"三阿太,你这蓝布手巾太旧了,买一块老牌麻纱白手帕去罢?我们有上好的洗脸手巾,肥皂,买一点儿去新年里用罢。价钱公道!"

"不要,不要;老太婆了,用不到。"

朱三太连连摇手说,把折子藏在衣袋里,捧着她的蓝布手巾包竟自去了。

林先生哭丧着脸,走回"内宅"去。因这朱三太的上门讨利息,他记起还有两注存款,桥头陈老七的二百元和张寡妇的一百五十元,总共十来块钱的利息,都是"不便"拖欠的,总得先期送去。他抡着指头算日子：二十四，二十五，二十六——到二十六，放在四乡的账头该可以收齐了，店里的寿生是前天出去收账的，极迟是二十六应该回来了；本镇的账头总得到二十八九方才有个数目。然而上海号家的收账客人说不定明后天就会到，只有再向恒源钱庄去借了。但是明天的门市怎样？……

他这么低着头一边走，一边想，猛听着女儿的声音在他耳边说：

"爸爸，你看这块大绸好么？七尺，四块二角，不贵罢？"

林先生心里蓦地一跳，站住了睁大着眼睛，说不出话。林小姐手里托着那块绸，却在那里憨笑。四块二角！数目可真不算大，然而今天店里总共只卖得十六块多，并且是老实照本贱卖的呀！林先生怔了一会儿，这才没精打彩地问道：

"你哪来的钱呢？"

"挂在账上。"

林先生听得又是欠账，忍不住皱一下眉头。但女儿是自己宠惯了的，林大娘又抵死偏护着，林先生没奈何只是苦笑。过一会儿，他叹一口气，轻轻埋怨道：

"那么性急！过了年再买岂不是好！"

三

又过了两天,"大放盘"的林先生的铺子,生意果然很好,每天可以做三十多元的生意了。林大娘的打呃,大大减少,平均是五分钟来一次;林小姐在铺面和"内宅"之间跳进跳出,脸上红喷喷地时常在笑,有时竟在铺面帮忙招呼生意,直到林大娘再三唤她,方才跑进去,一边擦着额上的汗珠,一边兴冲冲地急口说:

"妈呀,又叫我进来干么!我不觉得辛苦呀!妈!爸爸累得满身是汗,嗓子也喊哑了!——刚才一个客人买了五块钱东西呢!妈!不要怕我辛苦,不要怕!爸爸叫我歇一会儿就出去呢!"

林大娘只是点头,打一个呃,就念一声"大慈大悲菩萨"。客厅里本就供奉着一尊瓷观音,点着一炷香,林大娘就摇摇摆摆走过去磕头,谢菩萨的保佑,还要祷告菩萨一发慈悲,保佑林先生的生意永远那么好,保佑林小姐易长易大,明年就得个好女婿。

但是在铺面张罗的林先生虽然打起精神做生意,脸上笑容不断,心里却像有几根线牵着。每逢卖得了一块钱,看见顾客欣然挟着纸包而去,林先生就忍不住心里一顿,在他心里的算盘上就加添了五分洋钱的血本的亏折。他几次想把这个"大放盘"时每块钱的实足亏折算成三分,可是无论如何,算来算去总得五分,生意虽然好,他却越卖越心疼了。在柜台上招呼主顾的时候,他这种矛盾的心理有时竟至几乎使他发晕。偶尔他偷眼望望斜对门的裕昌祥,就觉得那边闲立在柜台边的店员和掌柜,嘴角上都带着讥讽的讪笑,似乎都在说:"看这姓林的傻子呀,当真亏本放盘哪!看着罢,他的生意越好,就越亏本,倒闭得越快!"那时候,林先生便咬一下嘴唇,决定明天无论如何要把货码提高,要把次等货标上头等货的价格。

给林先生斡旋那"封存东洋货"问题的商会长当走过林家铺子的时候,也微微笑着,站住了对林先生贺喜,并且拍着林先生的肩膀,轻声说:

"如何?四百块钱是花得不冤枉罢!——可是,卜局长那边,你也得稍稍点缀,防他看得眼红,也要来敲诈。生意好,妒忌的人就多;就是卜局长不生心,他们也要去挑拨呀!"

林先生谢商会长的关切,心里老大吃惊,几乎连做生意都没有精神。

然而最使他心神不宁的,是店里的寿生出去收账到现在还没有回来,林先生是等着寿生收的钱来开销"客账"。上海东升字号的收账客人前天早已到镇,直催逼得林先生再没有话语支吾了。如果寿生再不来,林先生只有向恒源钱庄借款的一法,这一来，林先生又将多负担五六十元的利息，这在见天亏本的林先生委实比割肉还心疼。

到四点钟光景，林先生忽然听得街上走过的人们乱哄哄地在议论着什么，人们的脸色都很惶急，似乎发生了什么大事情了。一心惦念着出去收账的寿生是否平安的林先生就以为一定是快班船遭了强盗抢，他的心卜卜地乱跳。他唤住了一个路人焦急地问道：

"什么事？是不是栗市快班遭了强盗抢？"

"哦！又是强盗抢么？路上真不太平！抢，还是小事，还要绑人去哪！"

那人，有名的闲汉陆和尚，含糊地回答，同时眇着半只眼睛看林先生铺子里花花绿绿的货物。林先生不得要领，心里更急，丢开陆和尚，就去问第二个走近来的人，桥头的王三毛。

"听说栗市班遭抢，当真么？"

"那一定是太保阿书手下人干的，太保阿书是枪毙了，他的手下人多么厉害！"

王三毛一边回答，一边只顾走。可是林先生却急坏了，冷汗从额角上钻出来。他早就估量到寿生一定是今天回来，而且是从栗市——收账程序中预定的最后一处，坐快班船回来；此刻已是四点钟，不见他来，王三毛又是那样说，那还有什么疑义？林先生竟忘记了这所谓"栗市班遭强盗抢"乃是自己的发明了！他满脸急汗，直往"内宅"跑；在那对蝴蝶门边忘记跨门槛，几乎绊了一交。

"爸爸！上海打仗了！东洋兵放炸弹烧闸北——"

林小姐大叫着跑到林先生跟前。

林先生怔了一下。什么上海打仗，原就和他不相干，但中间既然牵连着"东洋兵"，又好像不能不追问一声了。他看着女儿的很兴奋的脸孔问道：

"东洋兵放炸弹么？你从哪里听来的？"

"街上走过的人全是那么说。东洋兵放大炮，掷炸弹。闸北烧光了！"

"哦，那么，有人说栗市快班强盗抢么？"

林小姐摇头，就像扑火的灯蛾似的扑向外面去了。林先生迟疑了一会儿，站在那蝴蝶门边抓头皮。林大娘在里面打呃，又是喃喃地祷告："菩萨保佑，炸弹不要落到我们头上来！"林先生转身再到铺子里，却见女儿和两个店员正在谈得很热闹。对门生泰杂货店里的老板金老虎也站在柜台外边指手划脚地讲谈。上海打仗，东洋飞机掷炸弹烧了闸北，上海已经罢市，全都证实了。强盗抢快班船么？没有听人说起过呀！栗市快班么？早已到了，一路平安。金老虎看见那快班船上的伙计刚刚背着两个蒲包走过的。林先生心里松一口气,知道寿生今天又没回来,但也知道好好儿的没有逢到强盗抢。

现在是满街都在议论上海的战事了。小伙计们夹在闹里骂"东洋乌龟!"竟也有人当街大呼:"再买东洋货就是忘八!"林小姐听着,脸上就飞红了一大片。林先生却还不动神色。大家都卖东洋货,并且大家花了几百块钱以后,都已经奉着特许:"只要把东洋商标撕去了就行。"他现在满店的货物都已经称为"国货",买主们也都是"国货,国货"地说着,就拿走了。在此满街人人为了上海的战事而没有心思想到生意的时候,林先生始终在筹虑他的正事。他还是不肯花重利去借庄款,他去和上海号家的收账客人情商,请他再多等这么一天两天。他的寿生极迟明天傍晚总该会到。

"林老板,你也是明白人,怎么说出这种话来呀!现在上海开了火,说不定明后天火车就不通,我是巴不得今晚上就动身呢!怎么再等一两天?请你今天把账款缴清,明天一早我好走。我也是吃人家的饭,请你照顾照顾罢!"

上海客人毫无通融地拒绝了林先生的情商。林先生看来是无可商量了,只好忍痛去到恒源钱庄上商借。他还恐怕那"钱猢狲"知道他是急用,要趁火打劫,高抬利息。谁知钱庄经理的口气却完全不对了。那痨病鬼经理听完了林先生的申请,并没作

答,只管捧着他那老古董的水烟筒卜落落卜落落的呼,直到烧完一根纸吹,这才慢吞吞地说:

"不行了!东洋兵开仗,上海罢市,银行钱庄都封关,知道他们几时弄得好!上海这路一断,敝庄就成了没脚蟹,汇划不通,比尊处再好的户头也只好不做了。对不起,实在爱莫能助!"

林先生呆了一呆,还总以为这痨病鬼经理故意刁难,无非是为提高利息作地步,正想结结实实说几句恳求的话,却不料那经理又逼进一步道:

"刚才敝东吩咐过,他得的信,这次的乱子恐怕要闹大,叫我们收紧盘子!尊处原欠五百,二十二那天,又是一百,总共是六百,年关前总得扫数归清;我们也算是老主顾,今天先透一个信,免得临时多费口舌,大家面子上难为情。"

"哦——可是小店里也实在为难。要看账头收得怎样。"

林先生呆了半晌,这才呐出这两句话。

"嘿!何必客气!宝号里这几天来的生意比众不同,区区六百块钱,还为难么?今天是同老兄说明白了,总望扫数归清,我在敝东跟前好交代。"

痨病鬼经理冷冷地说,站起来了。林先生冷了半截身子,瞧情形是万难挽回,只好硬着头皮走出了那家钱庄。他此时这才明白原来远在上海的打仗也要影响到他的小铺子了。今年的年关当真是难过：上海的收账客人立逼着要钱，恒源里不许宕过年，寿生还没回来，知道他怎样了，镇上的账头，去年只收起八成，今年瞧来连八成都捏不稳——横在他前面的路，只有一条："暂停营业，清理账目！"而这条路也就等于破产，他这铺子里早已没有自己的资本，一旦清理，剩给他的，光景只有一家三口三个光身子！

林先生愈想愈仄，走过那座望仙桥时，他看着桥下的浑水，几乎想纵身一跳完事。可是有一个人在背后唤他道：

"林先生，上海打仗了，是真的罢？听说东栅外刚刚调来了一枝兵，到商会里要借饷，开口就是二万，商会里正在开会呢！"

林先生急回过脸去看，原来正是那位存有两百块钱在他铺子里的陈老七，也是林先生的一位债主。

"哦——"

林先生打一个冷噤，只回答了这一声，就赶快下桥，一口气跑回家去。

四

这晚上的夜饭，林大娘在家常的一荤二素以外，特又添了一个碟子，是到八仙楼买来的红焖肉，林先生心爱的东西。另外又有一斤黄酒。林小姐笑不离口，为的铺子里生意好，为的大绸新旗袍已经做成，也为的上海竟然开火，打东洋人。林大娘打呃的次数更加少了，差不多十分钟只来一回。

只有林先生心里发闷到要死。他喝着闷酒，看看女儿，又看看老婆，几次想把那炸弹似的恶消息宣布，然而终于没有那样的勇气。并且他还不曾绝望，还想挣扎，至少是还想掩饰他的两下里碰不到头。所以当商会里议决了答应借饷五千并且要林先生摊认二十元的时候，他毫不推托，就答应下来了。他决定非到最后五分钟不让老婆和女儿知道那家道困难的真实情形。他的划算是这样的：人家欠他的账收一个八成罢，他还人家的账也是个八成，——反正可以借口上海打仗，钱庄不通；为难的是人欠我欠之间尚差六百光景，那只有用剜肉补疮的办法拼命放盘卖贱货，且捞几个钱来渡过了眼前再说。这年头儿，谁能够顾到将来呢？眼前得过且过。

是这么想定了办法，又加上那一斤黄酒的力量，林先生倒酣睡了一夜，恶梦也没有半个。

第二天早上，林先生醒来时已经是六点半钟，天色很阴沉。林先生觉得有点头晕。他匆匆忙忙吞进两碗稀饭，就到铺子里，一眼就看见那位上海客人板起了脸孔在那里坐守"回话"。而尤其叫林先生猛吃一惊的,是斜对门的裕昌祥也贴起红红绿绿的纸条,也在那里"大放盘照码九折"了!林先生昨夜想好的"如意算盘"立刻被斜对门那些红绿纸条冲一个摇摇不定。

"林老板,你真是开玩笑!昨晚上不给我回音。轮船是八点钟开,我还得转乘火车,八点钟这班船我是非走不行!请你快点——"

上海客人不耐烦地说,把一个拳头在桌子上一放。林先生只有陪不是,请他原谅,实在是因为上海打仗钱庄不通,彼此是多年的老主顾,务请格外看承。

"那么叫我空手回去么?"

"这,这,断乎不会。我们的寿生一回来,有多少付多少,我要是藏落半个钱,不是人!"

林先生颤着声音说,努力忍住了滚到眼眶边的眼泪。

话是说到尽头了,上海客人只好不再噜苏,可是他坐在那里不肯走。林先生急得什么似的,心是卜卜地乱跳。近年他虽然万分拮据,面子上可还遮得过;现在摆一个人在铺子里坐守,这件事要是传扬开去,他的信用可就完了,他的债户还多着呢,万一群起效尤,他这铺子只好立刻关门。他在没有办法中想办法,几次请这位讨账客人到内宅去坐,然而讨账客人不肯。

天又索索地下起冻雨来了。一条街上冷清清地简直没有人行。自有这条街以来,从没见过这样萧索的腊尾岁尽。朔风吹着那些招牌,嚓嚓地响。渐渐地冻雨又有变成雪花的模样。沿街店铺里的伙计们靠在柜台上仰起了脸发怔。

林先生和那位收账客人有一句没一句的闲谈着。林小姐忽然走出蝴蝶门来站在街边看那索索的冻雨。从蝴蝶门后送来的林大娘的呃呃的声音又渐渐儿加勤。林先生嘴里应酬着,一边看看女儿,又听听老婆的打呃,心里一阵一阵酸上来,想起他的一生简直毫没幸福,然而又不知道坑害他到这地步的,究竟是谁。那位上海客人似乎气平了一些了,忽然很恳切地说:

"林老板,你是个好人。一点嗜好都没有,做生意很巴结认真。放在二十年前,你怕不发财?可是现今时势不同,捐税重,开销大,生意又清,混得过也还是你的本事。"

林先生叹一口气苦笑着,算是谦逊。

上海客人顿了一顿,又接着说下去:

"贵镇上的市面今年又比上年差些,是不是?内地全靠乡庄生意,乡下人太穷,真是没有法子,——呀,九点钟了!怎么你们的收账伙计还没来呢?这个人靠得住么?"

林先生心里一跳,暂时回答不出来。虽然是七八年的老伙计,一向没有出过岔子,但谁能保到底呢!而况又是过期不见回来。上海客人看着林先生那迟疑的神气,就笑;那笑声有几分异样。忽然那边林小姐转脸对林先生急促地叫道：

"爸爸，寿生回来了！一身泥！"

显然林小姐的叫声也是异样的，林先生跳起来，又惊又喜，着急的想跑到柜台前去看，可是心慌了，两腿发软。这时寿生已经跑了进来，当真是一身泥，气喘喘地坐下了，说不出话来。林先生估量那情形不对，吓得没有主意，也不开口。上海客人在旁边皱眉头。过了一会儿，寿生方才喘着气说：

"好险呀！差一些儿被他们抓住了。"

"到底是强盗抢了快班船么？"

林先生惊极，心一横，倒逼出话来了。

"不是强盗。是兵队拉夫呀！昨天下午赶不上趁快班。今天一早趁航船，哪里知道航船听得这里要捉船，就停在东栅外了。我上岸走不到半里路，就碰到拉夫。西面宝祥衣庄的阿毛被他们拉去了。我跑得快，抄小路逃了回来。他妈的，性命交关！"

寿生一面说，一面撩起衣服，从肚兜里掏出一个手巾包来递给了林先生，又说道：

"都在这里了。栗市的那家黄茂记很可恶，这种户头，我们明年要留心！——我去洗一个脸，换件衣服再来。"

林先生接了那手巾包，捏一把，脸上有些笑容了。他到账台里打开那手巾包来。先看一看那张"清单"，打了一会儿算盘，然后点检银钱数目：是大洋十一元，小洋二百角，钞票四百二十元，外加即期庄票两张，一张是规元五十两，又一张是规元六十五两。这全部付给上海客人，照账算也还差一百多元。林先生凝神想了半晌，斜眼偷看了坐在那里吸烟的上海客人几次，方才叹一口气，割肉似的拿起那两张庄票和四百元钞票捧到上海客人跟前，又说了许多话，方才得到上海客人点一下头，说一声"对啦"。

但是上海客人把庄票看了两遍，忽又笑着说道：

"对不起，林老板，这庄票，费神兑了钞票给我罢！"

"可以，可以。"

林先生连忙回答，慌忙在庄票后面盖了本店的书柬图章，派一个伙计到恒源庄去取现，并且叮嘱了要钞票。又过了半晌，伙计却是空手回来。恒源庄把票子收了，但不肯付钱；据说是扣抵了林先生的欠款。天是在当真下雪了，林先生也没张伞，冒雪到恒源庄去亲自交涉，结果是徒然。

"林老板，怎样了呢？"

看见林先生苦着脸跑回来，那上海客人不耐烦地问了。

林先生几乎想哭出来，没有话回答，只是叹气。除了央求那上海客人再通融，还有什么别的办法？寿生也来了，帮着林先生说。他们赌咒：下欠的二百多元，赶明年初十边一定汇到上海。

是老主顾了,向来三节清账,从没半句话,今儿实在是意外之变,大局如此,没有办法,非是他们刁赖。

然而不添一些,到底是不行的。林先生忍痛又把这几天内卖得的现款凑成了五十元,算是总共付了四百五十元,这才把那位叫人头痛的上海收账客人送走了。

此时已有十一点了,天还是飘飘扬扬落着雪。买客没有半个。林先生纳闷了一会儿,和寿生商量本街的账头怎样去收讨。两个人的眉头都皱紧了,都觉得本镇的六百多元账头收起来真没有把握。寿生挨着林先生的耳朵悄悄地说道:

"听说南栅的聚隆,西栅的和源,都不稳呢!这两处欠我们的,就有三百光景,这两笔倒账要预先防着,吃下了,可不是玩!"

林先生脸色变了,嘴唇有点抖。不料寿生把声音再放低些,支支吾吾地说出了更骇人的消息来:

"还有,还有讨厌的谣言,是说我们这里了。恒源庄上一定听得了这些风声,这才对我们逼得那么急,说不定上海的收账客人也有点晓得——只是,谁和我们作对呢?难道就是斜对门么?"

寿生说着,就把嘴向裕昌祥那边努了一努。林先生的眼光跟着寿生的嘴也向那边瞥了一下,心里直是乱跳,哭丧着脸,好半天说不出话来。他的又麻又痛的心里感到这一次他准是毁了！——不毁才是作怪：党老爷敲诈他，钱庄压逼他，同业又中伤他，而又要吃倒账，凭谁也受不了这样重重的磨折罢？而究竟为了什么他应该活受罪呀！他，从父亲手里继承下这小小的铺子，从没敢浪费；他，做生意多么巴结；他，没有害过人，没有起过歹心；就是他的祖上，也没害过人，做过歹事呀！然而他直如此命苦！

"不过，师傅，随他们去造谣罢，你不要发急。荒年传乱话，听说是镇上的店铺十家有九家没法过年关。时势不好，市面清得不成话，素来硬朗的铺子今年都打饥荒，也不是我们一家困难！天塌压大家，商会里总得议个办法出来；总不能大家一齐拖倒，弄得市面更加不像市面。"

看见林先生急苦了，寿生姑且安慰着，忍不住也叹了一口气。

雪是愈下愈密了，街上已经见白。偶尔有一条狗垂着尾巴走过，抖一抖身体，摇落了厚积在毛上的那些雪，就又悄悄地夹着尾巴走了。自从有这条街以来，从没见过这样冷落凄凉的年关！而此时，远在上海，日本军的重炮正在发狂地轰毁那边繁盛的市廛。

五

凄凉的年关,终于也过去了。镇上的大小铺子倒闭了二十八家。内中有一家"信用素著"的绸庄。欠了林先生三百元货账的聚隆与和源也毕竟倒了。大年夜的白天,寿生到那两个铺子里磨了半天,也只拿了二十多块来;这以后,就听说没有一个收账员拿到半文钱,两家铺子的老板都躲得不见面了。林先生自己呢,多亏商会长一力斡旋,还无须往乡下躲,然而欠下恒源钱庄的四百多元非要正月十五以前还清不可;并且又订了苛刻的条件:从正月初五开市那天起,恒源就要派人到林先生铺子里"守提",卖得的钱,八成归恒源扣账。

新年那四天,林先生家里就像一个冰窖。林先生常常叹气,林大娘的打呃像连珠炮。林小姐虽然不打呃,也不叹气,但是呆呆地好像害了多年的黄病。她那件大绸新旗袍,为的要付吴妈的工钱,已经上了当铺;小学徒从清早七点钟就去那家唯一的当铺门前守候,直到九点钟方才从人堆里拿了两块钱挤出来。以后,当铺就止当了。两块钱!这已是最高价。随你值多少钱的贵重衣饰,也只能当得两块呢!叫做"两块钱封门"。乡下人忍着冷剥下身上的棉袄递上柜台去,那当铺里的伙计拿起来抖了一抖,就直丢出去,怒声喊道:"不当!"

元旦起,是大好的晴天。关帝庙前那空场上,照例来了跑江湖赶新年生意的摊贩和变把戏的杂耍。人们在那些摊子面前懒懒地拖着腿走,两手扪着空的腰包,就又懒懒地走开了。孩子们拉住了娘的衣角,赖在花炮摊前不肯走,娘就给他一个老大的耳光。那些特来赶新年的摊贩们连伙食都开销不了,白赖在"安商客寓"里,天天和客寓主人吵闹。

只有那班变把戏的出了八块钱的大生意,党老爷们唤他们去点缀了一番"升平气象"。

初四那天晚上,林先生勉强筹措了三块钱,办一席酒请铺子里的"相好"吃照例的"五路酒",商量明天开市的办法。林先生早就筹思过熟透:这铺子开下去呢,眼见得是亏本的生意,不开呢,他一家三口儿简直没有生计,而且到底人家欠他的货账还有四五百,他一关门更难讨取;惟一的办法是减省开支,但捐税派饷是逃不了的,"敲诈"尤其无法躲避,裁去一两个店员罢,本来他只有三个伙计,寿生是左右手,其余的两位也是怪可怜见的,况且辞歇了到底也不够招呼生意;家里呢,也无可再省,吴妈早已辞歇。他觉得只有硬着头皮做下去,或者靠菩萨的保佑,乡下人春蚕熟;他的亏空还可以补救。

但要开市,最大的困难是缺乏货品。没有现钱寄到上海去,就拿不到货。上海打得更厉害了,赊账是休转这念头。卖底货罢，他店里早已淘空，架子上那些装卫生衣的纸盒就是空的，不过摆在那里装幌子。他铺子里就剩了些日用杂货，脸盆毛巾之类，存底还厚。

大家喝了一会闷酒，抓腮挖耳地想不出好主意。后来谈起闲天来，一个伙计忽然说：

"乱世年头，人比不上狗！听说上海闸北烧得精光，几十万人都只逃得一个光身子。虹口一带呢，烧是还没烧，人都逃光了，东洋人凶得很，不许搬东西。上海房钱涨起几倍。逃出来的人都到乡下来了，昨天镇上就到了一批，看样子都是好好的人家，现在却弄得无家可归！"

林先生摇头叹气。寿生听了这话，猛的想起了一个好办法；他放下了筷子，拿起酒杯来一口喝干了，笑嘻嘻对林先生说道：

"师傅，听得阿四的话么？我们那些脸盆，毛巾，肥皂，袜子，牙粉，牙刷，就可以如数销清了。"

林先生瞪出了眼睛，不懂得寿生的意思。

"师傅，这是天大的机会。上海逃来的人，总还有几个钱，他们总要买些日用的东西，是不是？这笔生意，我们赶快张罗。"

寿生接着又说，再筛出一杯酒来喝了，满脸是喜气。两个伙计也省悟过来了，哈哈大笑。只有林先生还不很了然。近来的逆境已经把他变成糊涂。他惘然问道：

"你拿得稳么？脸盆，毛巾，别家也有，——"

"师傅，你忘记了！脸盆毛巾一类的东西只有我们存底独多！裕昌祥里拿不出十只脸盆，而且都是拣剩货。这笔生意，逃不出我们的手掌心的了！我们赶快多写几张广告到四栅去分贴，逃难人住的地方——嗳，阿四，他们住在什么地方？我们也要去贴广告。"

"他们有亲戚的住到亲戚家里去了，没有的，还借住在西栅外茧厂的空房子。"

叫做阿四的伙计回答，脸上发亮，很得意自己的无意中立了大功。林先生这时也完全明白了。心里一快乐，就又灵活起来，他马上拟好了广告的底稿，专拣店里有的日用品开列上去，约莫也有十几种。他又摹仿上海大商店卖"一元货"的方法，把脸盆，毛巾，牙刷，牙粉配成一套卖一块钱，广告上就大书"大廉价一元货"。店里本来还有余剩下的红绿纸，寿生大张的裁好了，拿笔就写。两个伙计和学徒就乱哄哄地拿过脸盆，毛巾，牙刷，牙粉来装配成一组。人手不够，林先生叫女儿出来帮着写，帮着扎配，另外又配出几种"一元货"，全是零星的日用必需品。

这一晚上，林家铺子里直忙到五更左右，方才大致就绪。

第二天清早,开门鞭炮响过,排门开了,林家铺子布置得又是一新。漏夜赶起来的广告早已漏夜分头贴出去。西栅外茧厂一带是寿生亲自去布置,哄动那些借住在茧厂里的逃难人,都起来看,当做一件新闻。

"内宅"里,林大娘也起了个五更,瓷观音面前点了香,林大娘爬着磕了半天响头。她什么都祷告全了,就只差没有祷告菩萨要上海的战事再扩大再延长,好多来些逃难人。

一切都很顺利,一切都不出寿生的预料。新正开市第一天就只林家铺子生意很好,到下午四点多钟,居然卖了一百多元,是这镇上近十年来未有的新纪录。销售的大宗,果然是"一元货",然而洋伞橡皮雨鞋之类却也带起了销路,并且那生意也做的干脆有味。虽然是"逃难人",却毕竟住在上海,见过大场面,他们不像乡下人或本镇人那么小格式,他们买东西很爽利,拿起货来看了一眼,现钱交易,从不拣来拣去,也不硬要除零头。

林大娘看见女儿兴冲冲地跑进来夸说一回,就爬到瓷观音面前磕了一回头。她心里还转了这样的念头:要不是岁数相差得多,把寿生招做女婿倒也是好的!说不定在寿生那边也时常用半只眼睛看望着这位厮熟的十七岁的"师妹"。

只有一点,使林先生扫兴;恒源庄毫不顾面子地派人来提取了当天营业总数的八成。并且存户朱三阿太,桥头陈老七,还有张寡妇,不知听了谁的怂恿,都借了"要量米吃"的借口,都来预支息金;不但支息金,还想拨提一点存款呢!但也有一个喜讯,听说又到了一批逃难人。

晚餐时,林先生添了两碟荤菜,酬劳他的店员。大家称赞寿生能干。林先生虽然高兴,却不能不惦念着朱三阿太等三位存户要提存款的事情。大新年碰到这种事,总是不吉利。寿生愤然说:

"那三个懂得什么呢!还不是有人从中挑拨!"

说着,寿生的嘴又向斜对门努了一努。林先生点头。可是这三位不懂什么的,倒也难以对付;一个是老头子,两个是孤苦的女人,软说不肯,硬来又不成。林先生想了半天觉得只有去找商会长,请他去和那三位宝贝讲开。他和寿生说了,寿生也竭力赞成。

于是晚饭后算过了当天的"流水账",林先生就去拜访商会长。

林先生说明了来意后,那商会长一口就应承了,还夸奖林先生做生意的手段高明,他那铺子一定能够站住,而且上进。摸着自己的下巴,商会长又笑了一笑,伛过身体来说道:

"有一件事,早就想对你说,只是没有机会。镇上的卜局长不知在哪里见过令爱来，极为中意；卜局长年将四十，还没有儿子，屋子里虽则放着两个人，都没生育过；要是令爱过去，生下一男半女，就是现成的局长太太。呵，那时，就连我也沾点儿光呢！"

林先生做梦也想不到会有这样的难题，当下怔住了做不得声。商会长却又郑重地接着说：

"我们是老朋友，什么话都可以讲个明白。论到这种事呢，照老派说，好像面子上不好听；然而也不尽然。现在通行这一套，令爱过去也算是正的。——况且，卜局长既然有了这个心，不答应他有许多不便之处；答应了，将来倒有巴望。我是替你打算，才说这个话。"

"咳，你怕不是好意劝我仔细！可是，我是小户人家，小女又不懂规矩，高攀卜局长，实在不敢！"

林先生硬着头皮说，心里卜卜乱跳。

"哈，哈，不是你高攀，是他中意。——就这么罢，你回去和尊夫人商量商量，我这里且搁着，看见卜局长时，就说还没机会提过，行不行呢？可是你得早点给我回音！"

"嗯——"

筹思了半晌，林先生勉强应着，脸色像是死人。

回到家里，林先生支开了女儿，就一五一十对林大娘说了。

他还没说完，林大娘的呃就大发作，光景邻居都听得清。她勉强抑住了那些涌上来的呃，喘着气说道：

"怎么能够答应，呃，就不是小老婆，呃，呃——我也舍不得阿秀到人家去做媳妇。"

"我也是这个意思，不过——"

"呃，我们规规矩矩做生意，呃，难道我们不肯，他好抢了去不成？呃——"

"不过他一定要来找讹头生事！这种人比强盗还狠心！"

林先生低声说，几乎落下眼泪来。

"我拼了这条老命。呃！救苦救难观世音呀！"

林大娘颤着声音站了起来，摇摇摆摆想走。林先生赶快拦住，没口地叫道：

"往哪里去？往哪里去？"

同时林小姐也从房外来了，显然已经听见了一些，脸色灰白，眼睛死瞪瞪地。林大娘看见女儿，就一把抱住了，一边哭，一边打呃，一边喃喃地挣扎着喘着气说：

"呃，阿囡，呃，谁来抢你去，呃，我同他拼老命！呃，生你那年我得了这个——病，呃，好容易养到十七岁，呃，呃，死也死在一块儿！呃，早给了寿生多么好呢！呃！强盗，不怕天打的！"

林小姐也哭了，叫着"妈！"林先生搓着手叹气。看看哭得不像样，窄房浅屋的要惊动邻舍，大新年也不吉利，他只好忍着一肚子气来劝母女两个。

这一夜，林家二口儿都没有好生睡觉。明天一早林先生还得起来做生意，在一夜的转侧愁思中，他偶尔听得屋面上一声响，心就卜卜地跳，以为是卜局长来寻他生事来了；然而定了神仔细想起来，自家是规规矩矩的生意人，又没犯法，只要生意好，不欠人家的钱，难道好无端生事，白诈他不成？而他的生意呢，眼前分明有一线生机。生了个女儿长的还端正，却又要招祸！早些定了亲，也许不会出这岔子？——商会长是不是肯真心帮忙呢，只有恳求他设法——可是林大娘又在打呃了，咳，她这病！

天刚发白，林先生就起身，眼圈儿有点红肿，头里发昏。可是他不能不打起精神招呼生意。铺面上靠寿生一个到底不行，这小伙子近几天来也就累得够了。

林先生坐在账台里，心总不定。生意虽然好，他却时时浑身的肉发抖。看见面生的大汉子上来买东西，他就疑惑是卜局长派来的人，来侦察他，来寻事；他的心直跳得发痛。

却也作怪，这天生意之好，出人意料。到正午，已经卖了五六十元，买客们中间也有本镇人。那简直不像买东西，简直是抢东西，只有倒闭了铺子拍卖底货的时候才有这种光景。林先生

一边有点高兴,一边却也看着心惊,他估量"这样的好生意气色不正"。果然在午饭的时候,寿生就悄悄告诉道:

"外边又有谣言,说是你拆烂污卖一批贱货,捞到几个钱,就打算逃走!"

林先生又气又怕,开不得口。突然来了两个穿制服的人,直闯进来问道:

"谁是林老板?"

林先生慌忙站了起来,还没回答,两个穿制服的拉住他就走,寿生追上去,想要拦阻,又想要探询,那两个人厉声吆喝道:

"你是谁?滚开!党部里要他问话!"

六

那天下午,林先生就没有回来。店里生意忙,寿生又不能抽空身子尽自去探听。里边林大娘本来还被瞒着,不防小学徒漏了嘴,林大娘那一急几乎一口气死去。她又死不放林小姐出那对蝴蝶门儿,说是:

"你的爸爸已经被他们捉去了,回头就要来抢你!呃——"

她只叫寿生进来问底细,寿生瞧着情形不便直说,只含糊安慰了几句道:

"师母,不要着急,没有事的!师傅到党部里去理直那些存款呢。我们的生意好，怕什么的！"

背转了林大娘的面，寿生悄悄告诉林小姐，"到底为什么，还没得个准信儿，"他叮嘱林小姐且安心伴着"师母"，外边事有他呢。林小姐一点主意也没有，寿生说一句，她就点一下头。

这样又要招顾外面的生意，又要挖空心思找出话来对付林大娘不时的追询，寿生更没有工夫去探听林先生的下落。直到上灯时分，这才由商会长给他一个信：林先生是被党部扣住了，为的外边谣言林先生打算卷款逃走，然而林先生除有庄款和客账未清外，还有朱三阿太、桥头陈老七、张寡妇三位孤苦人儿的存款共计六百五十元没有保障，党部里是专替这些孤苦人儿谋利益的，所以把林先生扣起来，要他理直这些存款。

寿生吓得脸都黄了，呆了半晌，方才问道：

"先把人保出来，行么？人不出来，哪里去弄钱来呢？"

"嘿！保出人来！你空手去，让你保么？"

"会长先生，总求你想想法子，做好事。师傅和你老人家向来交情也不差，总求你做做好事！"

商会长皱着眉头沉吟了一会儿，又端相着寿生半晌，然后一把拉寿生到屋角里悄悄说道：

"你师傅的事，我岂有袖手旁观之理。只是这件事现在弄僵了！老实对你说，我求过卜局长出面讲情，卜局长只要你师傅答应一件事,他是肯帮忙的;我刚才到党部里会见你的师傅,劝他答应,他也答应了,那不是事情完了么?不料党部里那个黑麻子真可恶,他硬不肯——"

"难道他不给卜局长面子?"

"就是呀!黑麻子反而噜哩噜苏说了许多,卜局长几乎下不得台。两个人闹翻了!这不是这件事弄得僵透?"

寿生叹了口气,没有主意;停一会儿,他又叹一口气说:

"可是师傅并没犯什么罪。"

"他们不同你讲理!谁有势,谁就有理!你去对林大娘说,放心,还没吃苦,不过要想出来,总得花点儿钱!"

商会长说着,伸两个指头一扬,就匆匆地走了。

寿生沉吟着,没有主意;两个伙计攒住他探问,他也不回答。商会长这番话,可以告诉"师母"么?又得花钱!"师母"有没有私蓄,他不知道;至于店里,他很明白,两天来卖得的现钱,被恒源提了八成去,剩下只有五十多块,济得什么事!商会长示意总得两百。知道还够不够呀!照这样下去,生意再好些也不中用。他觉得有点灰心了。

里边又在叫他了!他只好进去瞧光景再定主意。

林大娘扶住了女儿的肩头,气喘喘地问道:

"呃,刚才,呃——商会长来了,呃,说什么?"

"没有来呀！"

寿生撒一个谎。

"你不用瞒我，呃——我，呃，全知道了；呃，你的脸色吓得焦黄！阿秀看见的，呃！"

"师母放心，商会长说过不要紧。——卜局长肯帮忙——"

"什么？呃，呃——什么？卜局长肯帮忙？——呃，呃，大慈大悲的菩萨，呃，不要他帮忙！呃，呃，我知道，你的师傅，呃呃，没有命了！呃，我也不要活了！呃，只是这阿秀，呃，我放心不下！呃，呃，你同了她去！呃，你们好好的做人家！呃，呃，寿生，呃，你待阿秀好，我就放心了！呃，去呀！他们要来抢！呃——狠心的强盗！观世音菩萨怎么不显灵呀！"

寿生睁大了眼睛，不知道怎样回话。他以为"师母"疯了，但可又一点不像疯。他偷眼看他的"师妹"，心里有点跳；林小姐满脸通红，低了头不作声。

"寿生哥，寿生哥，有人找你说话！"

小学徒一路跳着喊进来。寿生慌忙跑出去，总以为又是商会长什么的来了，哪里知道竟是斜对门裕昌祥的掌柜吴先生。"他来干什么？"寿生肚子里想，眼光盯住在吴先生的脸上。

吴先生问过了林先生的消息，就满脸笑容，连说"不要紧"。寿生觉得那笑脸有点异样。

"我是来找你划一点货——"

吴先生收了笑容,忽然转了口气,从袖子里摸出一张纸来。是一张横单,写得十几行,正是林先生所卖"一元货"的全部。寿生一眼瞧见就明白了,原来是这个把戏呀!他立刻说:

"师傅不在,我不能作主。"

"你和你师母说,还不是一样!"

寿生踌躇着不能回答。他现在有点懂得林先生之所以被捕了。先是谣言林先生要想逃,其次是林先生被扣住了,而现在却是裕昌祥来挖货,这一连串的线索都明白了。寿生想来有点气,又有点怕,他很知道,要是答应了吴先生的要求,那么,林先生的生意,自己的一番心血,都完了。可是不答应呢,还有什么把戏来,他简直不敢想下去了。最后他姑且试一试说:

"那么,我去和师母说,可是,师母女人家专要做现钱交易。"

"现钱么?哈,寿生,你是说笑话罢?"

"师母是这种脾气,我也是没法。最好等明天再谈罢。刚才商会长说,卜局长肯帮忙讲情,光景师傅今晚上就可以回来了。"

寿生故意冷冷的说,就把那张横单塞还吴先生的手里。吴先生脸上的肉一跳,慌忙把横单又推回到寿生手里,一面没口应承道:

"好,好,现账就是现账。今晚上交货,就是现账。"

寿生皱着眉头再到里边，把裕昌祥来挖货的事情对林大娘说了，并且劝她：

"师母，刚才商会长来，确实说师傅好好的在那里，并没吃苦；不过总得花几个钱，才能出来。店里只有五十块。现在裕昌祥来挖货，照这单子上看，总也有一百五十块光景，还是挖给他们罢，早点救师傅出来要紧！"

林大娘听说又要花钱，眼泪直淌，那一阵呃，当真打得震天响，她只是摇手，说不出话，头靠在桌子上，把桌子槌得怪响。寿生瞧来不是路，悄悄的退出去，但在蝴蝶门边，林小姐追上来了。她的脸色像死人一样白，她的声音抖而且哑，她急口地说：

"妈是气糊涂了！总说爸爸已经被他们弄死了！你，你赶快答应裕昌祥，赶快救爸爸！寿生哥，你——"

林小姐说到这里，忽然脸一红，就飞快地跑进去了。寿生望着她的后影，呆立了半分钟光景，然后转身，下决心担负这挖货给裕昌祥的责任，至少"师妹"是和他一条心要这么办了。

夜饭已经摆在店铺里了，寿生也没有心思吃，立等着裕昌祥交过钱来，他拿一百在手里，另外身边藏了八十，就飞跑去找商会长。

半点钟后，寿生和林先生一同回来了。跑进"内宅"的时候，林大娘看见了倒吓一跳。认明是当真活的林先生时，林大娘急急爬在瓷观音前磕响头,比她打呃的声音还要响。林小姐光着眼睛站在旁边,像是要哭,又像是要笑。寿生从身旁掏出一个纸包来,放在桌子上说:

"这是多下来的八十块钱。"

林先生叹了一口气,过一会儿,方才有声没气地说道:

"让我死在那边就是了,又花钱弄出来!没有钱,大家还是死路一条!"

林大娘突然从地下跳起来,着急的想说话,可是一连串的呃把她的话塞住了。林小姐忍住了声音,抽抽咽咽地哭。林先生却还不哭,又叹一口气,梗咽着说:

"货是挖空了!店开不成,债又逼的紧——"

"师傅!"

寿生叫了一声,用手指蘸着茶,在桌子上写了一个"走"字给林先生看。

林先生摇头,眼泪扑簌簌地直淌;他看看林大娘,又看看林小姐,又叹一口气。

"师傅!只有这一条路了。店里并凑起来,还有一百块,你带了去,过一两个月也就够了;这里的事,我和他们理直。"

寿生低声说。可是林大娘却偏偏听得了,她忽然抑住了呃,抢着叫道:

"你们也去！你，阿秀。放我一个人在这里好了，我拼老命！呃！"

忽然异常少健起来，林大娘转身跑到楼上去了。林小姐叫着"妈"，随后也追了上去。林先生望着楼梯发怔，心里感到有什么要紧的事，却又乱麻麻地总是想不起。寿生又低声说：

"师傅，你和师妹一同走罢！师妹在这里，师母是不放心的！她总说他们要来抢——"

林先生淌着眼泪点头，可是打不起主意。

寿生忍不住眼圈儿也红了，叹一口气，绕着桌子走。

忽然听得林小姐的哭声。林先生和寿生都一跳。他们赶到楼梯头时，林大娘却正从房里出来，手里捧一个皮纸包儿。看见林先生和寿生都已在楼梯头了，她就缩回房去，嘴里说"你们也来，听我的主意"。她当着林先生和寿生的跟前，指着那纸包说道：

"这是我的私房，呃，光景有两百多块。分一半你们拿去。呃！阿秀，我做主配给寿生！呃，明天阿秀和她爸爸同走。呃，我不走，寿生陪我几天再说。呃，知道我还有几天活，呃，你们就在我面前拜一拜，我也放心！呃——"

林大娘一手拉着林小姐，一手拉着寿生，就要他们"拜一拜"。

都拜了，两个人脸上飞红，都低着头。寿生偷眼看林小姐，看见她的泪痕中含着一些笑意,寿生心头卜卜地跳了,反倒落下两滴眼泪。

林先生松一口气,说道:

"好罢,就是这样。可是寿生,你留在这里对付他们,万事要细心!"

七

林家铺子终于倒闭了。林老板逃走的新闻传遍了全镇。债权人中间的恒源庄首先派人到林家铺子里封存底货。他们又搜寻账簿。一本也没有了。问寿生。寿生躺在床上害病。又去逼问林大娘。林大娘的回答是连珠炮似的打呃和眼泪鼻涕。为的她到底是"林大娘",人们也没有办法。

十一点钟光景,大群的债权人在林家铺子里吵闹得异常厉害。恒源庄和其他的债权人争执怎样分配底货。铺子里虽然淘空,但连"生财"合计,也足够偿还债权者七成,然而谁都只想给自己争得九成或竟至十成。商会长说得舌头都有点僵硬了,却没有结果。

来了两个警察,拿着木棍站在门口吆喝那些看热闹的闲人。

"怎么不让我进去?我有三百块钱的存款呀!我的老本!"

朱三阿太扭着瘪嘴唇和警察争论,巍颤颤地在人堆里挤。

她额上的青筋就有小指头儿那么粗。她挤了一会儿，忽然看见张寡妇抱着五岁的孩子在那里哀求另一个警察放她进去。那警察斜着眼睛，假装是调弄那孩子，却偷偷地用手背在张寡妇的乳部揉摸。

"张家嫂呀——"

朱三阿太气喘喘地叫了一声，就坐在石阶沿上，用力地扭着她的瘪嘴唇。

张寡妇转过身来，找寻是谁唤她；那警察却用了亵昵的口吻叫道：

"不要性急！再过一会儿就进去！"

听得这句话的闲人都笑起来了。张寡妇装作不懂，含着一泡眼泪，无目的地又走了一步。恰好看见朱三阿太坐在石阶沿上喘气。张寡妇跌撞似的也到了朱三阿太的旁边，也坐在那石阶沿上，忽然就放声大哭。她一边哭，一边喃喃地诉说着：

"阿大的爷呀，你丢下我去了，你知道我是多么苦啊！强盗兵打杀了你，前天是三周年……绝子绝孙的林老板又倒了铺子，——我十个指头做出来的百几十块钱，丢在水里了，也没响一声！啊哟！穷人命苦，有钱人心狠——"

看见妈哭，孩子也哭了；张寡妇搂住了孩子，哭的更伤心。

朱三阿太却不哭，弩起了一对发红的已经凹陷的眼睛，发疯似的反复说着一句话：

"穷人是一条命，有钱人也是一条命；少了我的钱，我拼老命！"

此时有一个人从铺子里挤出来，正是桥头陈老七。他满脸紫青，一边挤，一边回过头去嚷骂道：

"你们这伙强盗！看你们有好报！天火烧，地火爆，总有一天现在我陈老七眼睛里呀！要吃倒账，就大家吃，分摊到一个边皮儿，也是公平，——"

陈老七正骂得起劲，一眼看见了朱三阿太和张寡妇，就叫着她们的名字说：

"三阿太，张家嫂，你们怎么坐在这里哭！货色，他们分完了！我一张嘴吵不过他们十几张嘴，这班狗强盗不讲理，硬说我们的钱不算账，——"

张寡妇听说，哭得更加苦了。先前那个警察忽然又踅过来，用木棍子拨着张寡妇的肩膀说：

"喂，哭什么？你的养家人早就死了。现在还哭哪一个！"

"狗屁！人家抢了我们的，你这东西也要来调戏女人么？"

陈老七怒冲冲地叫起来，用力将那警察推了一把。那警察睁圆了怪眼睛，扬起棍子就想要打。闲人们都大喊，骂那警察。另一个警察赶快跑来，拉开了陈老七说：

"你在这里吵,也是白吵。我们和你无怨无仇,商会里叫来守门,吃这碗饭,没办法。"

"陈老七,你到党部里去告状罢!"

人堆里有一个声音这么喊。听声音就知道是本街有名的闲汉陆和尚。

"去,去!看他们怎样说。"

许多声音乱叫了。但是那位作调人的警察却冷笑,扳着陈老七的肩膀道:

"我劝你少找点麻烦罢。到那边,中什么用!你还是等候林老板回来和他算账,他倒不好白赖。"

陈老七虎起了脸孔,弄得没有主意了。经不住那些闲人们都撺怂着"去",他就看着朱三阿太和张寡妇说道:

"去去怎样?那边是天天大叫保护穷人的呀!"

"不错。昨天他们扣住了林老板,也是说防他逃走,穷人的钱没有着落!"

又一个主张去的拉长了声音叫。于是不由自主似的,陈老七他们三个和一群闲人都向党部所在那条路去了。张寡妇一路上还是啼哭,咒骂打杀了她丈夫的强盗兵,咒骂绝子绝孙的林老板,又咒骂那个恶狗似的警察。

快到了目的地时,望见那门前排立着四个警察,都拿着棍

子,远远地就吆喝道:

"滚开!不准过来!"

"我们是来告状的,林家铺子倒了,我们存在那里的钱都拿不到——"

陈老七走在最前排,也高声的说。可是从警察背后突然跳出一个黑麻子来,怒声喝打。警察们却还站着,只用嘴威吓。陈老七背后的闲人们大噪起来。黑麻子怒叫道:

"不识好歹的贱狗!我们这里管你们那些事么?再不走,就开枪了!"

他跺着脚喝那四个警察动手打。陈老七是站在最前,已经挨了几棍子。闲人们大乱。朱三阿太老迈,跌倒了。张寡妇慌忙中落掉了鞋子,给人们一冲,也跌在地下,她连滚带爬躲过了许多跳过的和踏上来的脚,站起来跑了一段路,方才觉到她的孩子没有了。看衣襟上时,有几滴血。

"啊哟!我的宝贝!我的心肝!强盗杀人了,玉皇大帝救命呀!"

她带哭带嚷的快跑,头发纷散;待到她跑过那倒闭了的林家铺面时,她已经完全疯了!

1932年6月18日作完

(原载1932年7月15日《申报月刊》第1卷第2号)

右第二章

一

到四点钟以后，枪声炮声都沉静下去了。李先生慢慢儿从地板上爬起来，反转右手在自己背脊上轻轻地捶了几下，摸着一张椅子就坐了，侧着头出神。

七岁的大儿子学着父亲的样，屁股一耸，也就站了起来，刚开得一步，就绊着他妹妹的肥腿，扑地跌倒了，就哇的一声哭的很响，把李先生和李夫人都吓了一跳。

"咳！乌黑黑的！——这忽儿开下电灯想来不要紧罢？"

李先生自言白语的，也没征求夫人的同意，就开亮了电灯。

因为突然一亮，半睡半醒的五岁女孩子把两个肥厚的手背到眼上去揉，也嚷了起来了。李夫人看一看睡在她怀中的两岁小儿子，又抽出左手来拍着那女孩子，轻声唱道：

"妹妹，不要哭，东洋兵来啦！挡挡东洋人……"

那男孩子已经走到父亲眼前，就想照老规矩骑上父亲的膝头；但一看父亲板起了脸不理睬，只好懒懒地靠在父亲身旁，又学着父亲的样，侧着头。

父亲和母亲却小声儿交谈起来了，是母亲先开口。

"这一会儿倒不听得了，是打完了罢？"

"谁知道呢！我想出去看看。"

"不要出去！噢？"

"出去看一看，也不要紧。我不走远去！"

"告诉你不要出去哟！你这人，就是不听我。白天里大家都逃了，租界里铁门也关了，老妈子也吵着要走，我急得什么似的，等到你公司里放工回来，你倒写写意意说：包你身上没有事。老妈子要走，你又让她走。你——"

"老妈子在这里，难道就不怕东洋兵？"

"嗳，人家着急，你倒说皮话！三个小东西，总得人抱了走呀！老妈子在这里，多少也抱一个。可是东西就带不了走——"

"哦，你又想到要逃难了！"

"你就只想去看看？去看了来干什么呢？"

李夫人有点生气了，身体一震，怀中的孩子就叫了一声。李夫人赶快拍着那孩子，又哼着"小宝贝，小宝贝，妈妈在哩"；她的眼睛忧愁地望着她的丈夫。

李先生低下头去，把一只手掌在大腿上一来一回的摩擦，过一会儿，他皱着眉头说：

"真糟糕！不逃呢，不放心；逃呢，多花钱。我总以为打不起来的，谁知道——"

"我也是怕花钱，白天里这才听了你不走。总算幸气，没有吃流弹。"

李夫人看见丈夫发愁，就后悔自己刚才的话太生硬了一点儿。她想了一想，勉强做出点笑容来，又说：

"好半天没有响声了，看来不会闹出大乱子。阿大的爷，你去睡罢。明天你还得上公司里办事。"

李先生望着他的夫人，也勉强笑了一笑，跟着又打一个呵欠。他觉得夫人的话很对。日本兵是蛮凶的，他们在沈阳北大营并没遇着抵抗，据说也是机关枪大炮乱轰了一阵。说不定刚才那枪炮声就是北大营的老文章，那么，明天大概还是一切照旧，不会出大乱子。公司里仍得办事，他仍旧得去，不去就白白丢了二元五角的大洋，何苦！

"那么，我去躺一会儿再说。"

李先生征得了夫人的同意，就拍拍大腿走上楼去。那七岁的大儿子也想跟了去，可是李夫人唤住了他，叫他靠在自己身上，给他盖上了一条毡子。

李先生走到楼梯顶，忽然又不放心了。从他现在站着的地方再上去一个矮小的梯子，就是晒台；他忽然想到晒台上去眺望一下，到底外面是闹到怎样一个地步。

刚开了晒台门，就听得砰，砰两声。李先生的身子立刻缩回。他从门缝里张望：满天的冻云，中间夹着几点寒星。有风直冲那门缝吹来，冷得很。邻家的晒台上似乎也有人在那里了望。李先生胆壮一些了，把头上的罗宋绒帽拉下来，罩满了整个的面孔和颈脖，只露出一对眼睛，——这么准备好了，然后侧着身体，贴着墙，慢慢地把身子移到晒台上，赶快蹲下了身体，尖起耳朵听。

只远远地传来了呼号的声音，但也许是风。天空也没有什么红光或黑烟，正像一个平常的腊月尽头的半夜三更。李先生慢慢地把身体挺直了，走到那晒台的水泥栏干旁，想看得仔细点儿。

"李先生，也来看看么？刚才打这只角里望过去，看得见一道一道的红光；想来就是东洋人开炮呢，他妈的！"

猛不防有人招呼，李先生愕然转脸对声音来的地方注视；直到听完了那人的话，李先生这才认出那说话的就是住在隔邻亭子间里的阿祥，是公司里铅印部的一个工人，和李先生算是"同事"。

"哦——你看了半天么？"

李先生随口说，一面却皱紧了眉毛，瞪大了眼睛，向四下里张望，看还有没有红光之类。虽然和阿祥同在一个公司而且又是邻舍，但因为他们的身份不同，一个是编辑先生，一个是厂里的做手，他们两个平日很少来往，见面时也不过用眼睛看一下代替呼名唤姓的招呼，所以李先生这时还只是随便应酬了一句。然而阿祥却例外，很高兴地又说道：

"东洋兵打败了！"

李先生浑身一震。什么？倒是东洋兵打败了么？有点难以相信！他转脸对着阿祥看。他看见阿祥露出一排很大的白牙齿，捏起拳头做了一个手势。

"东洋兵打败了！都逃回虹口去了！"

这回是听得很真的了，李先生不能不追问：

"你怎么会知道？"

"里门口站岗的警察这么说。我还看见——"

"你去看了么？你看见什么？"

"我看见许多许多十九路军朝北走。听说是到天通庵车站帮助那边的兵把守。日本兵也打宝山路口，也打败了，都逃到福生路，躲在那里。"

"哦？哎——"

李先生半信又半疑。他这才明白了为什么刚才他急急忙忙和老婆儿女跑到楼下客堂里平躺在地板上的时候，那枪炮声就像从四面八方打来，一条活路也没有。原来他的住址正夹在两条火线中间呢！他定一定神，不由得叹一口气说：

"这事就闹大了！东洋人一定不肯罢手——"

"那就打他妈的！"

阿祥这话刚出口，突然砰砰的两响破空飞来，接着又是砰砰砰几响，像是回礼。李先生惊得呆了，身子蹲了下去，腿直发抖。他听得阿祥自个儿喝道：

"哈！又开火了！死不完的东洋人！打，打！"

然而那几响过了以后，便又是沉寂，李先生觉得那沉寂也就像一块大铁板，压得他心痛。他蹲着挪一挪他的腿，心里想，还是赶快下去和老婆商量明天怎样逃难罢，猛的在他脸上刮过一阵风，他闷着嗓子喊一声，又蹲了下去。而就在这时候，一片达达达的机关枪声从北面来，虽然李先生的耳朵是藏在厚毛绒的罗宋暖帽里，也还是像要震聋了似的，那一定是很近，而这晒台却偏偏又是朝北的。李先生急出一身冷汗，蹲在地上，不敢动，又觉得不动也是等死。达达达达！东！东！李先生突然抱着头直跳起来，但随即像一块木头似的倒了下去，连爬带滚，到了晒台门边，又从那小扶梯上滚了下去，他只喊得一声，便好像失了知觉。

"阿大爷！阿大爷！呜呜，哇——"

李先生的神经被楼梯下这哭唤声一刺激，居然立刻又清醒过来，达达达的声音现在又没有了，只是散散落落还有几声砰砰。李先生摸一摸头，觉得还是好好的，就又连滚带跌地跑下那扶梯；在扶梯脚边，李夫人扑过来了一个身子和一串梗咽住了的悲啼，李先生接住了，便坐在那扶梯的最末一级。

"阿大爷，阿大爷！怎么的，伤在哪里？伤在哪里？"

"没有！"

李先生颤着声音回答，心里头臭虫似的钉着那个问题：明天怎么逃得出去？

二

快天亮的时候，七岁和五岁的孩子都缩在毡子底下睡着了。两岁的那个却在母亲怀里咿咿呀呀唱起来，显然那特别的大地铺，使他高兴。

天井里那只预备过年用的雄鸡也喔喔地高声儿啼。

李先生仰面躺着，睁大了他那一夜没睡的红眼睛，皱紧了眉头，不作声。

大门外脚步声腾腾腾地不曾停过一秒钟，李先生他们睡在地板上的头也觉得有些儿震。嘈杂的人声滚到大门前，又滚了过去。

李夫人抱着孩子坐了起来,没有心绪去应酬那孩子的咿咿呀呀,就把身体来回地摇着。摇了一回儿,她望着李先生那边问道:

"阿大爷,想好了没有呢?"

"等天亮了去打听打听,总该还有一条路可以逃出去。"

李先生哑着声音回答,叹一口气。他翻一个身,脸就对着夫人那一边了,他苦笑了一下,又说:

"这又是一个钟头没有听得响声了,也许今天就讲和,——英国或是美国领事出来调停,不打了,也是很可能的。"

"昨天你不是老说不打不打么?晚上就打了起来了!"

"那么,等天亮足,我们一准逃到租界里住几天罢!"

李先生顺着夫人的意思说,心里便计算到租界里住旅馆,一天得花多少钱;两大三小,只住块把钱的小房间就行了。吃饭大概也得一块钱。他身边还有六十多块,十天八天还混得过去。只是在上海这个华洋杂处、中外观瞻的地方,难道他们就打了十天八天么?李先生想来太难以相信。可是他也不说出来。昨天的话已经失了信用。现在他只把这"新希望"藏在肚子里自己宽慰自己。

是这么想的,李先生倒又心定了些;一夜没睡,精神也委实来勿得了,他就朦胧地闭上了眼睛。

然而不到十分钟,他就从朦胧中跳醒来。里内人声乱麻麻地,又夹着一种沉浊的像是非常有力的大声音,胡胡地只近在头顶。李先生和李夫人惊惶地对看了一眼,不知道又是什么大祸事。有几个人的声音却在大门外嚷着跑过去:

"东洋飞机来掷炸弹了!躲到家里去!"

"躲炸弹!躲炸弹!许多人哄在一堆是要吃炸弹的!"

于是就听得前前后后都是慌乱的脚步声,接着又是近在耳边的几声砰砰——是左右的人家碰上了大门或后门,然而在这时候,李先生夫妇俩就误以为炮声或炸弹,吓得脸都青了。

飞机声却也愈来愈近,轧轧轧,好像就在他们头顶。全个里就同死去了一般,只有那空中轧轧轧轧的声音,忽远忽近。李先生和夫人背靠背的坐在那地铺上,两岁的孩子惊异地睁大了眼睛,伸长了脖子:他也在听。那两个大些的孩子依然缩在毡子下面睡得很熟。一家儿都在眼前,都在一堆。李先生忽然想到这个时候倘有一颗大炸弹掷下来,那就——

他全身的血都冰住了,他不敢再想。

这时候,天已大亮,可没有太阳光,夜来又落过了雨,天空像张着一幅淡灰色的幕。飞机似乎去得远了,只隐隐还听得胡胡的声音。再过了一会儿,连这胡胡的声音也没有了。李先生松一口气,尖起了耳朵再听;昨夜把他吓得要命的机关枪和大炮的声音也没有！嘈杂的人声却又在前前后后浮起来，大门外又有了人们来往的脚步音。

"怎么办呢？不知道路上好不好走？"

李夫人自言自语的，看看手里抱的孩子，又看看睡在毡子下面那两个。

"总得出去看一看。守在家里，不会有人来告诉你！"

李先生说着就站了起来，对他的夫人看了一眼，似乎征求同意，拍拍身上那件老羊皮袍，就打算走。李夫人想来也没有别的办法，也就不说什么，只叹了一口气，眼睛一闭，忍住了两滴眼泪。

李先生也不敢走远去，只在里内徘徊。同里的人家，昨天也和李先生一样不预备逃的，此时就有很多人抱了孩子拿着小包裹纷纷出去。据说是太阳庙那一路还可以通行。李先生心放宽了一半。他走到里门口。那大铁门已经关了，只留那大铁门上的小门，外边是警察站着双岗，不时仰起脸望着天空。出去的人不少，进来的却几乎没有。马路上三三两两的走过人，光景都是逃难的。

李先生隔着铁门跟那站岗的警察打听消息。

"喂，老总！逃出去行么？"

"行！"

"没有危险么？"

"那可不一定。"

"这忽儿还在打么？"

"你听！"

李先生心一跳，忙即尖起了耳朵听。隐隐有几声砰砰，他再听，又没有了。他仰脸看天空。北面的高空有三架飞机，蜻蜓那么大，雌赶雄似的在那里绕圈子。忽然排成一行了，渐渐儿大了，胡胡的声音也就听得清。待到李先生看明了是银灰色的，而且有两点红，那声音就是轧轧轧轧地叫人心抖。马路上刚刚走过来一队兵，赶快就分散了，都把背脊贴在人家墙上不动。李先生转身就跑，刚到了自己大门前时，就听得远远的一声——

蓬！

李先生脸全青了，对着迎接他的满脸惊惶的夫人一叠声叫道：

"走！走！走！"

说完，他两腿一软，就坐在地上，喘做一堆。李夫人的眼泪再也忍不住了，她返身去抱住了三个孩子，闷住了声音哭，没有半点主意。

远远地又是接连的两声——

蓬！蓬！

李先生跳起来，面色转白，也没说话，抱了大儿子和小儿子，李夫人抱了女儿，就往外跑。他们到了里门口时，那里挤着许多人，大铁门上的小铁门也关闭了，一个警察在外面喊道：

"不要慌！呆在家里罢！跑出去，送死！"

铁门里的男女老小都乱叫乱嚷。轧轧轧轧！一架飞机从那个里的后面飞来，直向北去。北面天空，有两股黑烟，愈冲愈高，飞机在黑烟旁边转一个圈子，突然往下沉落。铁门里的人都欢呼起来。可是一转眼那飞机又冲破黑烟斜钻出来，转向东方去了，接着又是一声——轰！

李先生看着心慌，没有主意；他的孩子们一边哭，一边嚷肚子饿。李先生把大孩子放在地下，和夫人商量：回家去等过一会儿再说罢，死也是命！李先生问了人，知道太阳庙那一条路到底不行，须得走中山路，从曹家渡大宽转，才可以到租界，大约有三十里的路程。李先生心一横，决定了主意。

拖着三个孩子再回到家里，李先生叫夫人弄点东西喂孩子，他自己到楼上去整理书籍衣服。现在他心定了一些儿。靠两条腿，要走三十里的路呢，况且又拖着三个小孩子。李先生只好把他的几本书都扔下了，单去检点衣服。他先把好些的衣服打了一个包，提在手里颠一颠，太重了，他叹一口气，就单检几天里要用的衣服重新打一个包，可是也还觉得比他那五岁的女孩子重些。三十里的不很平坦的长路在他眼前一闪。他第三次选剔,终于只留下替换的衬衫裤和他夫人最得意的一件夹袍,那衣包也就有枕头那么大。

李先生揩一揩脸上的汗珠,去关那玻璃窗。天空弥漫了黑烟,那淡黄的太阳光毫无精神。李先生直觉到那一定是什么地方起了大火,可是他也没有心绪去多想,拿了那小包就下楼。

三个孩子都已经装饱了肚子。小的一个扶着椅子很得神地说他自己懂得的话,大的两个却在天井里扑捉一些小小的飞扬的黑蝴蝶似的东西。李先生看着这活泼的三个小生命,想到他十年来艰苦缔造的快乐家庭转眼就要沉没在残酷的炮火中,忍不住也滴了两点眼泪。

忽然李夫人从灶披那边跑来,手里还拿着一条抹布,哭丧着脸喊道:

"你知道么?你知道么?商务总厂吃着炸弹,全厂都烧着了!"

"什么!什么!那一处大火就是厂里么?谁说的?"

"隔壁阿祥的老婆!"

七岁的孩子捉得一些那飞扬了满天井的黑东西,飞跑进客堂里来。他的妹子在后追。李先生瞥眼一看,那些黑东西是纸灰!他立刻明白了!他的心直跳!东洋人砸了他的饭碗,东洋人砸了

几千人的饭碗,东洋人破坏了中国最大的出版机关文化机关了!李先生突然狞笑了一下,脸色转为青中带紫,发狂似的喊道:

"东洋人太不讲理了!"

什么炸弹的危险,他整个儿忘了。饭碗已经打破,危险还怕什么!李先生一面狂喊,一面就跑出大门去。跑出去干什么,他自己也不知道,也不曾想。

"你不要出去!你去干什么?"

李夫人带哭带嚷追出去。可是那三个孩子在后面一齐哭起来,又把李夫人拉回。

李先生一口气跑到里门口,就看见他的邻人阿祥和一个同伴进来。李先生好像遇见了亲人,一把拉住阿祥问道:

"厂里烧得怎样了?"

"几十个火头!"

阿祥气忿忿回答,口沫直喷到李先生脸上。阿祥是穿了厂里消防队的制服,水湿了一半,满脸通红,头上是黄澄澄的铜帽子。他拿起手背来抹一下嘴唇,又气忿忿的说:

"东洋飞机的炸弹就像落雨,炸开了就是火!厂里哪一样不是引火的!我们厂里的消防队顾了这里,就顾不到那里!听说东洋人不许租界上的救火车过来!他妈的东洋人!老子一定要跟他们拼命!"

"就剩一个第五厂,可是东洋飞机迟早要去炸的!"

阿祥的同伴说。李先生知道他也是厂里的"做手",可不知道他的姓名。李先生的心卜卜地在跳,他觉得心好像跳一跳就涨大了一些。站在这两个威风凛凛的人面前,李先生自己也好像变做另一个人了,他咬着牙齿说:

"东洋飞机都停在虹口公园里。打到了虹口公园里,就好了!"

"一定要打的!十九路军今天要打得东洋人都逃上船去!"

阿祥很确信似的,露出他的大牙齿笑了一笑。阿祥的同伴也说:

"十九路军打东洋人,不要怕兵少!我们都情愿去当兵!总厂是烧了,我们没有工作,我们是不逃的,我们去打东洋人!"

李先生觉得他那跳着的心又涨大了一些,血奔到他脸上来了。但是那边来了他的夫人,一手拖着一个孩子,阿祥的老婆帮忙抱了那最小的一个。李先生眉头一皱,就叹一口气;他看看阿祥和他同伴的一身筋骨,又看自己的一双手,那是相差得多么远呀!"致身各有其道"——李先生忽然想出这一句来,心里便减少了几分惶愧。

怎样走中山路抄曹家渡大宽转的问题于是又在李先生脑子里颠来倒去地忖量。飞机的声音还是忽远忽近在他们头顶上响。

三

东洋兵第二次第三次的进攻都失败了。然而阿祥所确信的赶他们上船去，却一天一天见得决不会实现了。中国兵只守住了中国界。在夜里进攻失败了的东洋兵很从容地在虹口整理，等待他们本国的救兵。

白天，东洋飞机在闸北掷炸弹，宝山路一带十几个火头，傍晚时照得半边天通红。这一次，阿祥的愤恨，比上次烧商务总厂的时候还要加几倍。他和他的同伴春生发狂似的想用空手去扑灭那些火。他们没有龙头，没有皮带，没有邦浦，也没有水。火蔓延了宝山路的最热闹的一段。火又烧到工人区域的贫民窟。这里的住户都没有逃到租界去避难的资格！无数的难民在火烧场边露天过夜。东洋飞机的炸弹拣人多处乱掷。闸北成了一片瓦砾场，闸北成了恐怖世界！

阿祥住的地方没有烧。可是水也没有了，电灯也不亮了，米也吃光。这一切，阿祥都不放在心上，他和春生两个每天忙着替十九路军搬运子弹，搬运一大车一大车的慰劳物品。他简直忘记了还有一个老婆不能饿着肚子的。

东洋开大兵到上海的消息，每天总听得好几次，可是这方面的兵队并没有增加，死了一个，就少一个。阿祥他们气得几乎发狂。他们现在知道，什么赶东洋人上船，只是他们自己的梦想罢了；现在是能够死守闸北也就算是了不得。

可是他们不灰心，他们半饿半饱地出死力。

停战四小时那一天的早晨，阿祥满脸坚决的神气，跑去对春生说：

"我把老婆送出去了！"

"送出去饿死！你这……"

"我托一个同乡人带她回老家！"

阿祥暴躁地回答，吐了一口唾沫。春生不作声了，仰脸看天。他们是坐在一座烧剩一半的破房子的墙边。啵，啵，啵！一辆装货汽车满载了家具什物从他们面前驶过，那是有资格逃在租界里避难的人们回来搬运物件。阿祥又吐了一口唾沫。

"你老家里还有什么？"

忽然一个从前线调下来休息的兵，一面啃着大饼，一面走过来问了。

"什么也没有。"

"那你的媳妇儿怎样过日子呢？"

"随她爱怎么办就怎么办。闸北地方全烧光了，老百姓死了几万，谁不是爹娘养的！这个时光，还顾得到老婆么？我是恨死了东洋人。不是我死，就是东洋人死！"

那兵很严肃地点了一下头。

"喂，老总，你看我们两个到队伍里行么？我们一块儿打东洋人！"

阿祥把他想了好多天的心事说出来了。他和春生商量过好几次，他们也曾对那个管领伕子的老大说过，老大回答说，这可不能那么随便你爱进去就得进去。他们又到那上海市义勇军的一个支队里去要求过，但也被拒绝。为的他们俩突然而来，没有什么厂什么店什么工会的介绍，来历不明不白。可是阿祥他们也不很高兴进那义勇军，为的义勇军他们不上火线。阿祥他们真想不到情愿拼了性命去打东洋人也有那么多的麻烦，而且也要门路的。

"你们抗过枪杆子么？"

那兵想了一想问阿祥他们两个。

"抗过几个月！民国十六年，也是这个时候，我们跟张宗昌的兵打过一仗的。"

春生抢先回答，异常兴奋了。阿祥在旁边也得意地微笑。

"回头我跟我们的排长给你们说说看。"

那兵也就答应了。

这天下午，阿祥他们跟几十个伙伴就到庙行镇去了。他们是派在那里掘战壕。阿祥觉得这一项工作还不够煞火似的，可是他也上劲的干。他一气掘了十几铲，揩了揩额上的汗，指着天空，

对春生说道:

"你看!那是东洋飞机呢,还是我们的?"

胡,胡,胡,胡——四个五个黑点盘旋着来了,渐渐儿低了,那银灰色的机翼上两个红圆圈儿也看得明白了。不是东洋飞机是什么?五架的一队只在那几十人的头顶盘旋。这几十个人朝上看了一眼,继续掘他们的战壕。

阿祥一气又铲了十几铲,觉得热了,把铲柄横在膝头,伸开两个手掌来,扑的吐上一口唾沫,就合拢了两个手掌摩擦着,一面自个儿说:

"他妈的!等他们兵调齐了,这才来这里掘壕沟和他们打么?"

"打得他们不敢再来呀!"

旁边一个伙伴忽然接口说,嘻开一张大嘴,对阿祥挤眼睛。

"念九那天要是一气打进虹口,赶他们上船,那不是省了多少手脚!闸北的房子也不会烧光,老百姓也不会死了几万!"

春生也夹进来说,他说一句,就铲起一铲土来很生气似的往上抛。

"现在是烧也烧光了,人也死上几万,不是东洋人死,就是我们死!"

阿祥咬着牙齿,又提起那柄铲来。忽然壕沟上面来了一声严厉的吆喝；

"你们说什么！"

那是监工的，手里拿着一根青竹梢，代替皮鞭。朝下面看了几秒钟，就又走过去了。阿祥他们继续地铲，铲，铲；汗从他们额上滴下，渗进那灰黄的泥块里，他们还是不停手的铲。

天快黑时，东洋飞机又来他们几十个人的头上盘旋。这次只有一架，可是飞得很低。掘战壕的几十个人只顾掘，一声儿也不响。忽然那东洋飞机的尾巴一翘，就又腾空去了。同时有许多纸片纷纷扬扬落下来。阿祥身边也落了几张。他拾起来一看，有许多中国字夹着东洋字，看不懂意思，也就随手扔开。可是他们都笑起来了。东洋人也干这玩意儿！

后来阿祥听一个伙伴说，那传单是东洋人骂他们自己的军阀和资本家，他们东洋小兵也一样是穷人，做工的，种田的，他们不愿意杀中国的穷人，他们要反抗他们的军阀。并且从另一个伙伴那里，阿祥又知道上海北四川路的东洋兵有二百多人不肯和中国兵打，还宣传他们这主张，被兵官知道了，就杀了一半，押回东洋去一半。

原来东洋人也有好的，就是他们的军阀资本家可恶，——阿祥心里这样想；可是那样的思想只在脑子里一闪，雷也似怒吼的炮声从对方战线后面放出来，十几只飞机在天空掷炸弹，阿祥就又觉得东洋人——即使是小兵，也还是可恶的。

庙行镇大战时，阿祥和春生都有机会上火线了；可不是叫他们去放枪，却是去抬伤兵。炮弹在他们头上呼呼地飞过，达达达——机关枪的火光也似乎看见，他们一次又一次的把伤兵抬往后方，装上了汽车。

"阿祥，你说！就这么一颗炮弹送了命，算什么？"

"只要打败了东洋人，就算是有你的！"

他们两个在炮火下一边工作，一边这样说。

接连几天的恶战，东洋兵的炮火把一个庙行镇几乎轰成了平地。但是中国兵守住了阵线。中国兵的战壕就像铁铸的一般。因为那战壕的开掘时也有了他们的汗，所以阿祥和春生觉得很高兴，他们不曾白费了力。而且他们另外还有应该兴奋的道理：死伤是一天一天多了，战壕里的行列渐渐稀薄，那么，补充上去的，不就是他们么？

他们两个在梦里看见东洋兵的坦克车杀来，而他们呢，跳出战壕去，拍！拍！拍！一阵手榴弹把坦克车炸坏了。他们从梦里笑醒来。

可是庙行这一线的战火却又渐渐缓和下来。东洋兵进攻失败，牺牲太多，又改变了战略了。阿祥他们很快活，却又有点失望，因为他们那掷手榴弹冲锋的好梦暂时又不能实现。然而突地他们又被派到八字桥去了。那边吃紧，需要大批的伕子。阿祥他们的工作又是扛子弹，扛食物。

战事是一天比一天猛烈起来，听说东洋派来了大将白川，带三师团兵，十几条兵舰。各方面的战线都受到攻击。重炮的巨弹像雨一般落到中国兵的阵线里来。中国兵死守住战壕，死伤的数目一小时一小时的增加。阿祥他们也是几夜不曾睡觉，运了子弹上前线去，又运了伤兵回来。他们连转转念头的工夫也没有了，他们只是机器一般走着做着；他们只有一个思想：死完了也不退！而且他们相信一定不得退！

那一天晚上，阿祥他们这一队五六十个伕子，扛了许多炮弹枪弹跟着他们的队长走。他们跑得很快。天上的月亮像一只钩，有几点星，和一块一块灰色的云。那路高低不平，很难走。他们跟着队长跑，和往常一样，可是渐渐儿觉得有点异样了。雷吼似的炮声却越走越远，很要用点力尖起了耳朵这才隐隐可以听得。

阿祥觉得了这异样，心里纳闷；再走了一会儿，他忍不住了，用手膀碰一下旁边的春生，轻声儿问道：

"怎么的？走错了路罢？听不到炮声！"

"可不是！我也诧异了好半天啦！倒像是朝后走，不是上前。"

"一定是派我们到别条战线去呀！"

在阿祥背后的一个伙伴也插进来说。阿祥半信半疑地嘴里响了一声，还没说话，蓦地听得前面的一个伙伴笑了一声，随即回过头来说：

"你们见什么鬼！我是听了一些儿来，可不知道真假。东洋兵势头凶，这　道战线守不住了，退到第二道去呀！"

阿祥怔住了，春生就抢着问道：

"第二道线？在哪里呀！"

"说远可不远，说近就不近：崑山！我是听说。"

"嘿！——"

阿祥只喊了这一声，就说不出来，脸全青了，眼睛红得像要滴下血来。恰就在这时候，一队骑马的，光景有七八个，从后面来，从阿祥他们身边跑过去了，接着就是轧轧轧的炮车，接着就是密麻也似的步兵。阿祥知道再不是假了，猛的把肩上的挑儿掼在一边，他们那一行人就突然停住了。阿祥圆睁着眼睛喊道：

"退么？都烧光了，闸北，江湾，吴淞，都烧光了，那不是给东洋人白烧的！不能退。死也不退！我们去打东洋人，我们不退！"

他一跳，就向那退后的行列大喊着冲过去。春生想拦也拦不住，也就大喊着跟在后面。可是他没有走得几步，他的队长横冲过来，一把抓起他就往地上一摔，骂了一句：

"活得不耐烦么？"

春生刚翻得身,头上就吃着了沉重的一击。他的两只耳朵一齐嗡嗡地叫起来,眼前是一片昏黑,他只听得远处一阵哄闹,又是清脆的几声砰!砰!他就完全失了知觉。

四

上海周围二十公里内没有中国兵,也就没有战事了!停战撤兵的会议开了又开,终于草约签定了。闸北是一片瓦砾。"复兴"上海的呼声,紧一句松一句在喊。中国方面的损失,一大篇一大篇的在报纸上登载出来。单是商务印书馆,损失一千六百多万!

然而这样一个大公司,出版事业,文化机构,不能不筹备复业。启事在报纸上登出来了:公司对于旧有职员工人一律解雇,复业后新雇职员,另订办法,旧职工应得的退职金,公司因为国难而牺牲,不能按照原定契约付给了。

从五千多失业的职工方面立刻来了反响。避难在法租界一个小公寓里的李先生也是其中的一个。现在李先生忙了起来。失业的同事们组织起来争退职金,李先生自然也加入。职工同人也登了启事,不承认公司单方面的办法;他们派了代表和公司当局谈判,又招待各界,招待新闻记者,又向社会局请愿。这一切李先生都参加。他也是公司里十多年的老职员,照算起来,他应得的退职金也该有千把块罢。他每天奔走，简直没有工夫再帮忙他夫人抱那两岁的男小孩。

争来争去，两个月就过去了。公司再"破格优待"一点儿，——在原定折扣上再加一点，声明这已是公司最后的让步了。到这时候，李先生觉得就想再忙，也无事可忙了，他只能坐在公寓的黑暗狭小潮湿的房里叹气。李夫人抱怨他白忙了一阵，白赔了许多车钱。

"你女人家！不晓得！"

李先生跺着脚喊，近来他的脾气变坏了。

公司又登了启事，宣布定于某日到某日在四川路办事处发给退职金，贮款以待。

于是职工会方面也赶快登一个启事，声明事情还没解决，并且警告职工同人莫到四川路那办事处去领款；并且还决定派人到那办事处左近守候，见有人想去领时，就实行"拦劝"。

李先生自问尚不至于要人家"拦"他，可是要他去"拦"人家，他自量也干不了，他只好坐在他那黑暗狭小潮湿的房里，静候结果。

李夫人忙着洗衣烧饭，那三个孩子就在房间里那唯一的床上翻斤斗打架。李先生也没有心绪去照管他们，到邻房的人家去借了一份《申报》来看那些广告。小书馆新刊什么杂志和书籍的广告占了一大张又半。炮火过去了，出版界又活动起来；——李先生这么想，略觉得心头舒服些。但是无意中扪着了钱袋，袋是干瘪的，李先生又皱紧了眉头了。他翻转那张《申报》，就又再看那公司登的"贮款以待"的启事。

等到三天以后，公司的又一启事登在报上，说明已领款者现计几千几百，少数未领者望从速去领，并延长期限一星期云云。李先生看了这启事，心里就一跳，报纸落在地上。他想来只他一个人死心守约束，那是何苦呢！公寓的房间钱是要付的，一家五张嘴也得吃，而钱袋早已干瘪！他抬起头来，望着那正在洗脸盆里洗青菜的夫人说道：

"哎，看来还是去领了来再说？"

"我女人家，不晓得！"

夫人头也不抬地回答；她还记得前几天里李先生那一句话，近来她的脾气也变坏了！

李先生寂寞地笑了一笑，拿起那全家仅存的两毛钱，就走出去了。

一个钟头以后，李先生在四川路了。他躲躲闪闪走进了公司的临时办事处。

出来的时候，他的衣袋里装了一百多元的钞票，他一手按在那衣袋外面，扬扬地走着，腰板也挺得直些了。这时他方才看明白，四川路上依旧是花花绿绿，满眼繁华。

"还我人来！你是晓得的！"

突然一个惨厉的声音追在李先生背后叫了来。

李先生不由的站住了回过头去。是一个妇人，满头的乱发，上身是单衣，下身还穿着棉裤，脸是土青色，两只眼睛往上翻，全露着眼白。李先生认得是逃难前的旧邻舍阿祥的老婆，于是二十八日深夜和二十九日清早那些恐怖的经验立刻回忆起来了。那妇人看着李先生厉声叫道：

"还我的阿祥来！阿祥，他哪里去了，你是晓得的！"

"我不晓得——"

那妇人露出牙齿笑了。这笑是可怕的。李先生心一跳。突然那妇人瞪直了眼睛，像受伤的野兽似的又叫起来：

"你晓得的！你也是打伙儿谋害阿祥的！你也有份，你不要赖！你晓得的，哈哈，我晓得的！——阿祥，人们都和东洋人要好，你做死冤家干嘛，你是白死的！哈哈，我知道你们打伙儿谋害阿祥，你不要赖，你也有份！我今天找到你们了，你不要赖！"

李先生打了个冷噤，心卜卜地跳，抽身急走，再不敢回头看一眼。

1932年9月8日作毕

（原载1932年10月16日、11月1日《东方杂志》第29卷第4、5号）

·关 注 我 们·
获得更有价值的阅读

ISBN 978-7-5139-1396-6

定价：29.80元